岛

The Island

林 森 著

北 京 出 版 集 团
北京十月文艺出版社

鬼岛，离岸又远又近
林莽

小房子破裂的窗
一双悲戚的眼

野菠萝之下
暗藏着他给自己挖好的墓穴
林森

目录

第一章

掷杯

有谁见过夜色苍茫中，从海上飘浮而起的鬼火吗？咸湿凛冽的海风之中，它们好像在水面上燃烧，又像要朝你飘过来，当你准备细看，它一闪而逝。有谁见过怪石交错的尽头那木麻黄林里，一个早已死去多年的人吗？他身子弯成一只虾，脸上尽是岁月和海风刻下的深痕，那双眼睛是暗黑中唯一的闪亮——那些飘浮的鬼火，好像受他眼睛的控制，他望向哪，鬼火就飘向哪。他的目光总是先于鬼火抵达一片沙地、一块碎石、一堆麒麟菜，并在那里消逝。——若不是我准备驾车沿着海南岛的海岸线环绕一周，若不是我心如死灰地登上了这个火山岩密布的小岛，我恐怕永远不会遇到那个几乎是从海水中浮现上来的影子，永远不会遇上这个活在人间的死人，更不会在后来，见证一座海岛的陷没。

驾车环绕海南岛——并非我自己想出来的点子，而是伯父，他几乎是拳打脚踢把我从那间黑乎乎的房子里面赶出来的。他让我赶紧上车，开到哪算哪。我的颓废，让他忍无可忍。早些年，伯父还为我整日无所事事吵过好几回，这些年他倒看开了，若我有一阵专注于什么事，无暇花天酒地，他反而问："你没什么事吧？""你最近吃坏脑子了吗？"……很显然，我在他眼中已经有了一个固定的人设，我偶尔的认真，会让他心跳加速血压升高。我只好放弃努力，变回符合伯父想象的"定位"，泡在酒气烟雾之中，让他的心跳和血压回归正常。在伯父眼中，只要我脸上有了一点点的严肃、有了些许的正经，他便觉得某些坏事情，正快马加鞭地赶来，落到他的侄子头上。

——在伯父眼中，我比他的儿子还让他挂心。

当年父亲出海未归，一船人葬身鱼腹，母亲情绪失控了好久，在我上初中的第二年，她在一场病中过世了，我的少年结束了——我的一切都结束了。我记得埋下她之后，我也离开了学校，这些年一直在社会上有一搭没一搭地混着，什么事情都做，也什么事情都不做。后来，是伯父把我当作他最小的儿子——他一直喊我“老五”“老五”，而我清楚得很，我并非老五，伯父就是伯父，不是父亲。

老实讲，伯父是有些眼光的人，早些年出海捞鱼赚到了一些钱，也做点儿小生意，在海南岛 20 世纪 90 年代中期房地产泡沫破灭之后，他在省城买了一些房子，分配到他几个“儿子”头上，我作为他的“老五”，还有先选权。在很多年里，伯父对我不敢大声言语，怕一句话不顺，我便去寻找“消失”的父母。有一回，在一场族人的喜酒上，伯父借着酒意跟我聊过一回，洒下了不少眼泪。他的眼泪，让我知道他一直想代替他的弟弟对我尽到“父亲”的责任。

之后不久，我结了婚。婚后，伯父不再多过问我的事。妻子把所有的精力都放在儿子、女儿身上，甚至把我也养成了她的第三个小孩。有时半夜一个侧身，看到她平静昏睡的脸，嘴角扬起一个漂亮的弧度，我心中涌起愧疚，告诫自己要收敛收敛出息出息。可这样的暗中发誓好像就是用来违背的，我没法从童年时的遭遇里走出，我永远一副半死不活的样子。

我们在省城生活，但有时在周末驱车回到渔村老家，让儿子和女儿在沙滩上跑一跑，让他们在木麻黄林里捡点枝叶、抓只小虫、玩把沙子，为一只虾或几只螃蟹尖叫。可现在，不行了，渔村快没了，木麻黄东倒西歪。城市发展的铁骑横扫千军，在某些人的想象中，渔村将在摧毁之后，竖立起高楼、荡漾着泳池、潜藏着停车场，这里得入住顶级富商、当红明星和身份暧昧的“闲人”，这里得建成海南这座宝岛上最气派的大型小区。海涯村的未来，早已经被一张规划图抢走，这里将诞生一座梦幻之城。要怪只能怪多年前祖先们安营扎寨的时候，没有往其他地方偏移一点，以致千年之后，成为被拆迁的对象。

——我们，在这几个月内，眼睁睁看着海涯村消失，无能为力。

出省城，逐着日光湮没的方向，漫长的海岸线上，是茂密的木麻黄林，是拐角处让人惊异的沙滩，也是无数鬼魂飘荡的坟场。上千年前，我的先人随波逐流，被风送到这片海滩，繁衍生息。在到来之前，先人们被战乱驱逐，自北国往南，曲曲折折逃奔了数千里，有人死在半途，有人病倒，无力继续南迁，就地安家。先人们不知终点会在何处，只清楚要不断往南，躲避摧枯拉朽的狼烟，他们在陆地最南端的海边，极目烟海微茫，心生怅然，却在渔民口中得知，渡海向南，是一个大岛，他们再次启程。在内陆聚居的他们从未乘船出过海，毫不犹豫上了船，却很快在呕吐当中适应了木船上的浮浮沉沉，在脚踩南方岛屿海岸的一瞬，他们天旋地转。他们在岸上生火，眼望晚潮上涨，直至青林淹没在咸水之中。这是哪？无人得知，便是大海的尽头了吧——自那时起，这个海边的村子，便叫“海涯”。夜色之中，我驾着车，从城市膨胀的光圈里往外弹射，灯光再没法追上，这支孤独的箭，射向当年从虚无中生出，又化为虚无的海涯村。

伯父已经给我打了三十七个电话，我接了其中十四个，都是催我早点回去，那未接的二十三个，估计也是同样意思。他很清楚，我回去也没任何用处，但这个时候，总得一家人把话讲明了——在他眼中，我是这个家不可或缺的一员——毕竟如果挖掘机继续前进，那被木麻黄、野菠萝包围的村子，便犹如橡皮擦涂抹过的铅笔字，只剩一些残迹。

我把车停在离村子一公里的地方，步行回家。夜里的海风，带着隐约不定的咸味与杀机。村子边缘，是一辆辆维稳的车辆，一闪一闪打着灯，人影密集，看到我走近，迅速围聚过来。散落的挖掘机把手高高举着，不知何时就要扇向谁家的屋子。包围的人都很紧张，有人喝道："谁？干吗的？叫你呢，他妈……停下……"迅速就把我围住了。旁边有人喊了一声："是这村子的，让他进去吧。"没见到人，我就知道这声音来自谁，是我们村里出去的一个人，在区委工作，被拆迁的部门叫来认人——拆迁期间，不是本村的人，一律不让进村。这人家离我家并不远，据说，他家暂时还能保留着，而他也因为干这活儿，已成为全村的公敌。他的伯父多次对村人哭诉，说也没办法，谁想干这事，可他能拒绝吗？他是公务员啊，他得听指挥啊……这些话不能抵消村人的仇恨，尤其家里死人的，早已扬言，让他们看好南坡——南坡是村人死后的归宿，村人是威胁他们小心被挖祖坟。在区委工作那人，只是个科长，上头下了死任务，协助海涯村完成拆迁之前，不给他回单位上班。交错的汽车灯光里，我看到他低着头，不敢直面看我。

包围的人让开一条缝，我从缝里游过去。

有人抛出一句话："别说没提醒你，别拍照。"

包围圈内，是我不忍看的场景。这一栋栋举全家之力修建的房子，已经有接近一半被推倒，好像刚刚经历过一场超大地震。全村的电都被切停了，亮着的，是火光。废墟之上，搭着一些帐篷，是房子被拆后，无家可归者临时的"家"。昏黄的蜡烛光从一顶顶帐篷里面透出来，和一些腥臭腐烂味混合在一起——那是村人没来得及收拾的海产，已经被废墟掩埋——让人作呕。海涯村向来以海产之新鲜闻名，而此时，海产所散发的味道，不再有阳光的味道，只有熏死人的恶臭。

死亡快要吞噬到我们家了，此时，它还活着，它还活在海产垃圾的腥臭中。院子往北不远，就是沙滩，接着是琼州海峡激荡的水波。院子里点着篝火，火光在风中摇摆、变形，噼啪作响。火光从家里一张张脸上洗过，把脸洗红，火光消失在暗黑里。伯父手中拿着一根竹棍，撩拨着火堆中的木柴。二堂哥和四堂哥都坐在伯父左手边，伯父右手边还有一个空椅子，显然是给我留着。伯母并没有坐在篝火前，她在厨房门口蹲着。火堆前的大事，要由我们四个男人来决定。

其实，二堂哥、四堂哥还有一位大哥的，可大堂哥在海南建省初期，跟一些胆大包天的江湖中人混在一起，终于在那个风起云涌的时代里，陷入一个非法集资案，最后莫名其妙失踪了——村人都传说他会不会被幕后老板装袋子里丢进了大海——伯父却坚信，他大儿子有一天还会回来。我父亲葬身海上、母亲病逝，大堂哥又这样，在很多人眼中，我们这个家快变成“倒霉者联盟”了。还有一位三堂姐，嫁到江西之后，除了偶尔给伯母打个电话，已经很多年没有回来，据说她闻不惯渔村咸腥的海风，一回来就浑身发痒，起一种怪异的皮肤炎。

二堂哥大龄却未婚，我和四堂哥达成的唯一共识，就是不要让自己的女人掺和进来，否则她们七嘴八舌，这事更加没完没了，会让我们恨不得捅耳自尽。

我们又能商量出什么呢？

“我们要不要签？”伯父说，“我现在是重点被盯的对象。很多眼睛看着我。”多年以前，伯父曾组织过捕捞的船队，他是船长，带着村人在大海之上穿风越浪，每每狂风袭来，都得仰仗他的掌舵，仰仗他对这大海的熟知，才能平安归来。很多跟着他出过海的人，近些天都看着伯父的反应，若是他签了，他们便也签——伯父是不是要签名，已不仅仅是我们家的事了。正是伯父这种举足轻重的影响力，让他成为了相关部门要极力争取的对象。上头来了人，跟伯父谈了带头签字后能够得到的好处，他们给伯父算好，签名了的话，可以在小区建起来后得到多少套房；当然，最直接的方式，是全部折算成钱。他们说这些条件时，伯父往那些人面前的碗里倒着自酿的海马酒：“你们先去问问村里人，他们都愿意签，我不阻拦。让我先来，人家不得挖我家的祖坟？”

那些人喝光了伯父的半坛海马酒，醉得东倒西歪，并没能将伯父拿下。可是在那之后不久，四堂哥被单位的领导三番五次叫去问话，领导的言下之意，四堂哥这些年是这家单位的得力干将，很多大型业务，他都曾参与……可也正是由于他顺风顺水，引来了一些人的妒忌，领导就曾收到过很多举报信，可那领导仁慈，都给压下来了，现在呢……领导说他也没办法，让四堂哥先回家做做伯父的思想工作，若是拆迁不能完成，他也不用回去上班了。四堂哥跟在区里工作的那个公务员一样,带着“任务”回来的——庆幸的是，四堂哥的任务，只是说服我们家，而不需要去做全村的工作。

四堂哥是伯父家最争面子的人，当年虽然只考上省里一个大专，可毕竟是渔村第一个大学生，接到录取通知书后，伯父买来鞭炮，一串串接长，从面对着大海的村庙一直拉到海滩上，轰得纸屑四溅。我们渔家人都肤色如铜锈，只有四堂哥像刷了一身白漆，坐在吹着空调的事业单位办公室里，过着和我们不同的生活。可眼前的四堂哥全无了平日风采，头发凌乱、衣衫不整，一枚纽扣扣在没对齐的一个洞里，眼睛像是闪光灯，没一秒是安稳的。伯父最大的犹豫，就来自四堂哥，若不是他这副模样，以伯父的脾气，怎么会给那些来当说客的人倒海马酒？

“签？”二堂哥摸了摸他的额头，“让他们把我的头割去吧！”他吐出一口唾沫，眼珠通红，他的额头贴着一块纱布，那是拆迁队进村时，他留下的伤。当时他路过村里一户人家中，在哗啦啦的房屋倒塌里，一块飞溅的石头，将他额头敲破一个洞，流了满脸血。人家还把他这次受伤当作他的“冲锋”，他还接到很多恐吓电话。他跑到移动营业厅去问了好久，也没查到给他打电话的是谁。

“二哥，你是要逼死我！”四堂哥把头埋到椅子下，已经哭出声来。

“签了，是逼死我。”二堂哥站起身，脚一蹬，椅子翻滚，冲出院子。这些年，唯有二堂哥还是我们家长年出海的人，他对这个行将消逝的渔村的感情，要比其他人深。二堂哥和四堂哥的分歧不可弥合，看来这次谈话，仍是一次白费口舌。四堂哥双手捂脸，摇摇晃晃进屋，伯母也叹着气进去了。这些天，内心最受煎熬的便是伯母了。她话不多，一个海边的女人，早已在多年的渔村守望中，在夕阳落下、暮色四合的暗黑里，在对自己男人生死未卜的担心中，在村里人于海边祭拜死去的亡魂时，也在自己大儿子的人间蒸发里，沉默地接受了命运。伯父端起面前的碗，仰头喝光了大半碗海马酒，狠狠地把碗一摔，哐当，他喷出满口酒气："我们决定不了，让公祖去决定。"

凌晨四点半，尖利的锣声撕裂了暂时的安宁。哐当——哐当——哐哐当……是从海边的村庙传来的。我跑到院门之外，发现无数灯光闪射交织，很显然，拆迁队也在向着村里进发。挖掘机的铁手并未落下，可轰隆隆的行进声，碾轧了这个村子所有的睡梦。村里人都木着脸，向村庙会集。许多天以来，一直躲着的很多人，都露面了。锣声是有节奏的，村人都熟悉这种节奏——每到年节，村里要集体庆祝，请出诸位神灵、境主、先人、关二爷与伏波将军，都会敲着这个节奏。

是时候了。我想。

敲锣的人是伯父。伯父紧绷着脸，这么多年来，我第一次见他脸上笼罩着这样严峻而又有些悲壮的神色。被锣声引来的，除了村人，还有拆迁队。男人们聚集在海边的村庙里，女人们都守在家里——一旦她们也离开，或许房子便被轰然推倒。伯父锣声一停，村里的男人都屏住呼吸，在等着发号施令。只有带着浓重咸味的海风，翻涌而来，加重了后半夜的凝重。伯父深吸一口气：“抬鼓！”有几个年轻人从庙的角落里，抬出一面有大卡车轮胎那么大的牛皮鼓来。一些老人在陆陆续续点着香烛，闪闪烁烁里，村庙前站着的每个人都像在密林里穿行，脸一会儿露出，一会儿消隐。

伯父手举起、落下，鼓声响起——这本该春节、公期与军坡节才响起的声音，鼓震着海边之夜，远远传荡。鼓声响起两分钟后，高音喇叭的声音也适时传来：“海涯村的村民们，请你们保持冷静，请你们保持冷静，不要做出过激行为。我们是依法对你们村的违法建筑进行拆除，这是建设绿色海岛的重要举措，是上面的统一部署。请你们有序撤离，请你们有序撤离……海涯村的村民们，请不要做出阻挡依法拆违的过激行为，不然你们将为此承担法律后果……”伯父高声喊道:“兄弟、乡亲，今天，我们面临抉择，是硬挺下去，还是放弃？不是我一个人能做的决定！我们是渔村人，我们拜关二爷、拜伏波将军、拜兄弟公。每年正月十五，伏波将军的神像都会抬进我们每家每户，驱邪除恶，他是我们的守护神。今天，我们也只能把选择交给伏波将军，让他来给我们做下这个决定……”

老人们点好的香烛，插在神龛前，火光摇曳。伯父不再敲鼓，他缓缓走到八仙桌前，村里人都屏住了呼吸，看着他。伯父说：“各位乡亲，今天，我们让伏波将军帮我们选一选。但我想，无论出来的结果如何，无论大家最后是不是愿意按照这个结果来执行，我希望大家之间，千万不要互相怨恨。要是我们自己都不团结了，人家要攻破我们，就更容易了。”他从八仙桌上取过木圣杯，这是两块木牌刻成的两个半圆，合起来便是一个圆形。两块木牌一面是纯平的，另一面则带着一些弧度，伯父把纯平的两面合在一起，用掌心握紧，朗声说道：“我们今天要问询村里拆迁事宜，请伏波将军给予提示。”

伯父把木圣杯往空中抛起，木牌在翻滚着，所有人都不敢出声，噼里啪啦，木圣杯落地，有人惊叫起来：“阳！”两块木牌都是平面朝上，果真为阳。伯父说：“阳为平卦，代表所问之事，还需要大家仔细斟酌、考虑清楚。”人群中有人喊起来：“那，这到底是叫我们同意还是不同意拆啊？”伯父沉吟好一会儿，说：“我们再问一下。这一次，我们问得具体一些，这样问吧：伏波将军，我们不同意搬迁，坚持到底，会怎么样？”伯父把木圣杯拿起，再抛，落下，两块木牌的弧面朝上，又是一阵惊叫声：“阴。”伯父脸色跟这卦一样，阴沉沉，好久没说话。有年轻人不懂卦意，叫起来：“这阴又什么意思啊？”伯父还没出声，有位老人插话了：“阴是凶、不吉利，代表所问的事不顺利……看来，伏波将军是叫我们不要坚持，该搬就要搬啊，若不搬，怕是很……不吉利……”

现场都沉默了。

好久之后，插话的老人又说：“……这样，我们再问一次，再换一种问法：要是我们村人同意搬迁，会怎么样？”

伯父低头捡起木圣杯，并没有掷出，他的眼光从人群里扫过：“为免得将来说我作假，我请另外一个人来抛第三次，谁愿意来？”伯父指着插话的那老人：“华爹，你来？”华爹摇摇头。伯父问遍前面那排的老人，没人愿意。有个年轻人钻出人群里，他顶着一半金、一半绿的头发：“我试试？”伯父点点头，把木圣杯交到他手里。人群里有人尖叫起来：“阿炳，你胆大包天了，你来抛这个？”叫起来的是阿炳的伯父，他捏紧拳头，上前去敲阿炳的头。伯父抓住那落下的拳头，说：“让他来。”阿炳把木圣杯抛起，落下，噼啪——尘埃落定，一只弧面在上、另一只平面在上。华爹说：“这是圣，代表顺心如意，也就是说，得同意搬迁，才是吉卦。看来，伏波将军是铁了心让我们搬了……”他摇摇头，面露苦笑。

第三掷虽是吉卦，可村人却脸色更黑沉了，渐渐地，有人哭泣了出来。签下拆迁合同，或许才是最正确的选择，可是，可是……毕竟是祖先千百年来生活的地方，一旦写下名字，就得连根拔起……我并非迷信的人，可连问三次，回答都如此明确，是有些让人不能不相信木圣杯往半空抛出的时候，被我们供奉着的伏波将军，以我们看不到的手，把这两块木牌按照他的心意托举而下。伯父脸色黯然：“大家也看到了。我听伏波将军的，我明天就签，至于其他人签不签，我无权做主。”伯父把木圣杯牌捡起，合并为一个完整的圆，弧面朝上，摆回八仙桌上。

伯父弯腰，拜了几拜，钻进人群。

此时，说什么话都是不合适的，有的人陆续散去，有的人则留在村庙里，呆滞地望着烛火和神像。我远远跟在伯父的后面，海风在半明未明的天色里吹着他，也吹着我。拆迁队的人可能也已经知道村庙里发生的这一切，不再用高音喇叭呼喊，此刻的渔村，陷入了一种从未有过的寂静。

入水

天亮之后，伯父很早就出去了，他要联合村干部、镇干部，去和上头领导以及开发商，商讨赔偿事宜。二堂哥堵在院门那，喊叫起来：“爸，你不能去，爸，你不能去。这事，你不能……”他伸手拦住院门。伯母走过去，拉开二堂哥的手:“老二，你别多事，你爸有急事，你忙你的去。”

二堂哥把伯母的手一甩：“什么急事，还不是为了自己？”伯父停下脚步，指着二堂哥的头：“这话你在这里嚷嚷可以，别出去乱讲，给我惹是非。抛木圣杯，全村人都见证了的，最后一次还不是我抛的，你在这里捣乱，对全村人没好处。老五，你给我拦着他。”我只好过去，摁住二堂哥的手臂，他的手上冒涌着油腻腻的汗珠，握都握不紧。他握着拳头，青筋都出来了，平时出海捕捞晒出来的古铜色皮肤，硬得像钢铁。伯母也上前，抱住二堂哥的腰，伯父走出院门。

三天后，伯父已经谈好了拆迁赔偿。有人开始来我们家测算具体的面积、统计家里的人丁等。很多原来盯着伯父行事的人，本来还想仗着有人组织，人多势众，可以抵抗一番的，此时也兵败如山倒，前往谈条件，签署搬迁协议。村里一片慌乱，各自收拾东西，做着离开前的准备。协议一旦签署，所有东西必须在两天之内搬完。拆迁方怕节外生枝，东西一旦清空，炮机和挖掘机立即过来，哐当哐当，一栋房子被推倒。那家人还没走远，停下车，跑回来，看着变成废墟的房子，老人、妇女和小孩，都忍不住哭出声来。他们的折返围观被阻拦，怕他们冲进挖倒的房子里，再出什么意外。

伯父跟我们讲了他的计划，他准备用领到的赔偿金，加上多年的积蓄，另外寻找一个地方，买来一块地，重新安家。他让我们要目光长远，要放宽心，先祖当年也是逃灾避难才来到海涯村的，世道变了，我们不能不跟着变，该移就得移，该到另一个地方去当一世祖就得去——搞不好，以后我们的子孙还会出国留学、定居，跟白人或黑人结婚，在地球上我们永远看不到的角落生活，难道我们有能力阻止这一切吗？伯父的高瞻远瞩让伯母极其忧愁，她没法接受她的后辈们会变成混血儿的模样。伯父只好说："混血儿算好的，哪天说不定还得飞离地球呢，找一些三头六臂的怪物呢。"伯母更加忧愁了。

伯父把在省城租出去的一间大房子要了回来，暂时先住进去。伯母也没说话，不断起身，看着屋里收拾的大包小包。二堂哥把头埋进双膝，手掌死死盖住头顶，他终于忍不住："爸，因为老四被人家盯上了，所以你带了头签了是不是？"伯父脸色一变："老二，你要在外面这么说，是要害死我们全家人。你的意思，我把全村人都卖了？"二堂哥冷笑：“难道不是？”伯父说：“那天在村庙问卜伏波将军，是全村父老商量的结果。丢木圣杯的过程你也看了，是我想丢啥就丢啥的吗？最后一卦，还是阿炳丢的，你觉得有假？”伯母拉住伯父：“少说两句，父子成仇人了！”伯父停住：“城市发展到村里，谁都不想。可我们怎么办？抱着煤气瓶冲上去点吗？再耗下去，有好处吗？你也不懂拿脑子想想事，这是闹了就能解决的吗？改变不了的事实，就得朝前看……伏波将军给了最好的安排……”

伯母拉伯父的袖子，用力扯了扯。

伯父缓和了好一会儿，放平声调：“老二，我们家算是好的了，现在我们一收拾好，立即有地方可去，村里多少人无处可去，还住在帐篷里，兵荒马乱，像难民。要知道，先得把人保住才有其他的；人没了，说什么都没用。”伯父拍拍二堂哥的肩膀，伯母也握着二堂哥的手。二堂哥扬起脸，眼圈都红了，他还想说些什么，却只用脚踢了踢门框。

伯父长叹一声，扭头望着我：“看好你二哥，他脑子没转过来……”

一旦收拾，很多平常视若无睹的东西就冒出来，不知道家里怎么能藏进那么多东西。伯父做事干脆利落，看着那些堆积成山的东西，让我用手机上网查询了搬家公司，让搬家公司开最大的卡车来。伯母还是忍不住要自己动手收，伯父也拦不住，叹息一声，对她说：“你停不下，那就过来，跟我一起收拾祖屋吧。”架好了云梯，伯父就要爬上神龛，我赶紧过去：“我来。”伯父冷笑：“你们不懂收这个，我自己来。我才八十几，还没老到手抖腿弯。”我只好跟伯母一起，扶住竹梯子。

伯父踩上去，梯子咿呀咿呀。

伯父站到云梯顶上，笑呵呵地说：“委屈列祖列宗了，不用我多讲，你们也清楚的，要搬家了，得委屈你们在箱子里待一段，等买到地，房子修起来，会专门修一间祖屋，供奉着你们。得保佑我们一切顺利啊，先忍忍，到时就有得风光了。”他每拿起一块牌位，就轻轻地吹一下灰尘与蛛网，递下来。我接住，摆到八仙桌上。他又再递一块下来。他吹落的灰尘像北方春日的柳絮，从我和伯母的头顶上飘下，有些掉进眼睛里，一阵发痒、模糊。伯父不再说话，沉默地传递着我们的先祖。一个个曾在这个院子里生活过此刻只留下牌位上的名字的人，在我们的掌心传递。

家具、行李被一件件装上卡车，邻居有些人过来，跟伯父寒暄、道别。他们有的还在犹豫，还想做最后的挣扎，多争取一些赔偿；也有早就签了的，也搬了出去，但还是忍不住回村里看看。负责拆迁的人，本来看到有人拿着相机、手机，就要过来提醒收起来，不要乱拍什么的。他们怕传到网上，配上各种文字之后，引来更多的麻烦。可是，到了后来，有人喊出："我他妈在家里拍张照都不行了？我们不签了。"他们便退了一步。

伯父让伯母、我和二堂哥，站在院门之前，一起拍一张合照。伯父本来是要把全家叫回来拍一张全家福的，可现下兵荒马乱，孙子们要真回来乱跑乱跳，出什么事就不好了，只好让留在家里殿后的这几个人随便拍一下，留个纪念就好了。拍照之后，伯父一挥手，伯母坐着第一辆装满的卡车走了。

挖掘机等待在我们家院子外，走了一辆车，拆迁的队伍便往前逼近一点。伯父让二堂哥上第二辆车，二堂哥没上。

伯父只好挥手，让后面两辆车也走了。挖掘机又再次逼近我们家。伯父看了看二堂哥，压低声音跟我说："盯紧老二。"挖掘机逼近之后，立即有六七个人，以塑料条拉开一个圈，把一些棍子敲进地面，塑料条绑在棍子上，形成一个包围圈。领头的人举着扩音器，喊道："拆房即将开始，无关的人，请站远一些，请站远一些。拆迁有危险，请不要围观，不要进入围线范围之内。请离开，请离开……"二堂哥望着伯父，眼中尽是祈求："爸……"伯父冷冷地说："让你走，你不走，你要留下来看，就老实点。瞪大眼睛，好好看着。"那六七个人逐渐散开，但都看着我们父子三人。村人也都逐渐围聚过来，准备看着我们家怎么被挖掘机砸出第一"爪"。

扩音器喊道："请再次确认，无关人等，远离拆迁现场。无关人等，马上离开。拆迁马上开始！"哐当，挖掘机的铁爪打向我们家的墙壁。地震一般，我们胸口都有些震动，我不忍心看，瞧向伯父，他已经闭上了双眼。二堂哥则是捏紧了拳头。哐当，第二次撞击开始了；更频繁的撞击，开始了。伯父猛地睁开双眼，厉声喝道："走。"我还没反应过来，伯父再次喊："走！"我忙跨步。

伯父伸手去拉二堂哥。

谁知道在这个瞬间，二堂哥猛地往前冲，朝着手握扩音器的那人撞过去。伯父喊："拉住你二哥。"我伸手已经来不及。二堂哥猛虎一般，跳到那人身上，随着一声惨叫，那人摔倒在地，二堂哥的拳头连续出击，那人惨叫不止。二堂哥抬腿狠狠地踢了好几下，捡起扩音器，大声喊起来："停下，别拆了！停下，他妈的给我停下来……"二堂哥的声音带着哭腔，扩音器放大之后，更震人耳膜。我和伯父还没冲过去，那六七个维持秩序的人，看到了二堂哥的突然袭击，立即冲上去，从二堂哥手中抢夺扩音器，很快地把二堂哥扭起来，死死压住。挖掘机上的人没瞧清楚发生了什么，听到扩音器的声音之后，暂时停了，铁手凝固在半空，像没有扇下去的一巴掌。没有了扩音器，二堂哥仍旧在喊叫，声音仍旧震动耳膜。

我和伯父冲上前去。

几个扭着二堂哥的人，以为我们要加入混战，拉着二堂哥往后退了两步。伯父先出手了，但他的手掌，却是招呼到二堂哥的脸上。这一巴掌还挺有力，啪一声，二堂哥的脸歪向一侧。二堂哥支吾一声，勉强挤出一字：“……我……”被打的那边脸在颤抖，红肿起来，截留了他的话。伯父说：“脑子坏了？”二堂哥嘴巴动了动，仍旧没有声音流出，伯父的手又举起来，我怕二堂哥马上就两边脸对称，赶紧摁住伯父的手。那几个扭住二堂哥的，看着伯父，眼神闪躲。伯父说：“放人。”眼睛仍然在闪，伯父声调不变：“还不松手？”伯父扭头看我，没说话，我明白他的意思，把手掌从他手臂上移开，转到二堂哥的肩上。伯父继续盯着那几个扭着二堂哥的人，没再说话，他们倒不自在了，互相看了看十来秒，一起把手撤了。我手掌用力，把二堂哥一拉，从侧边推着他，像推一堵墙。

伯父朝我使眼色，我点点头，跟在二堂哥的后面。

二堂哥刚开始脚步很慢，需要我推；没一会儿，我得用力才能跟上。这本是一条村巷，脚印交叠人气流窜，可现在碎石混乱人烟稀，得边走边跳；原来有树荫的地方，尽是折枝断叶，树影破碎。唯有海边的咸腥味一点没变，甚至更加浓重了——因为没有了村里房屋和树木的遮挡，这味道万马奔腾无所顾忌。二堂哥走得越来越快，从背影也能看出，刚刚伯父的那巴掌，给他打了气，加了压，把他变成了浑身憋气的脆弱气球。走着走着，他竟跑了起来。我也只能跟着跑。腥味扑面，有那么一瞬间，我好像站在出海的船头劈波斩浪。二堂哥的目标是沙滩。我当然害怕他一头扎进水里去，却又不能真的拉住他，只能影子一般，他跳，我跳；他迈步，我迈步；他身体凌空的瞬间，我也觉得风在脚底托着我。他没把头扎进水里，把脚扎进去了——跑到沙滩后，他屈腿、前蹦，身体犹如标枪，愣愣地刺进水中，一动不动。我还是慢了，在沙滩上停下，犹豫要不要入水拉他。他倒没有更激烈的动作，海水摇晃，淹过他的膝盖，溅起的水花，则泼洒到头部。我在他身后，看不到他脸上的表情，他也不再有任何动作。

此时，海的气息更浓烈，若非习惯到了麻木，估计得被熏晕过去。我扭头，不让鼻孔正对着大海，却看到了海涯村在天光云影中，变得无比恍惚——一个眨眼，好像它还是熟悉的那个渔村；再一定神，它已残阳如血、已是古道西风的残破。可能因为这咸腥水汽的蒙蔽，村子像是夜里的露天电影，被风吹得不停晃动。我想看一下我们家的院子，可这距离，已看不太清，只有隐约的碰撞声，砰砰砰砰……砰砰砰砰……夹在涌起又退下的海潮声里，不细听还听不到——我们家院子的墙壁，正在和挖掘机碰撞吗？我又扭头看二堂哥，怕我一不留神，他会以那个站立的姿势，闪电般在我眼前消逝。

他脚底生根，一动没动。

搬到省城之后，那么多杂乱不堪的东西，显然没法全部开封、启用。伯父当年购下的房子有四套，四堂哥自己买了更新、更大的小区，住在新房里。我住着伯父买下的房子的其中一套，剩下的三套一直在出租，伯父把最大的那套要了回来，当作过渡时期的住房。二堂哥暂时没有出去单独住的打算，便跟伯父伯母住在这里，另外两套房的租金，归伯父和二堂哥支配。伯父有再购地、建房的打算，但这绝非一天两天能完成的事，中间甚至会拖延两三年、四五年。其实，也可以没那么折腾的，长久住下来，当一个城里人也未尝不可，可伯父需要一间祖屋，来摆放那些祖先的牌位——小区里的套间，是没法安放祖先的。

拆迁带来的阵痛，将会持续很长时间。

伯父可能想提振一下心气，召集全家人来了一次聚餐。不是在家里吃，让我找了一家附近的餐馆。在席上，四堂哥压不住他的兴奋，我一直朝他使眼色，他注意到了，却不知道我的眼色是什么含义。终于，二堂哥忍不住了，他一拍桌子："你是该得意。为了保住你，我们连祖宅都丢了，爸还带头签了合同。牺牲一家人、牺牲全村人，成就了你一个呢！"四堂哥愣住了，喊起来："哥，你乱说什么？"二堂哥又是一拍桌子："我说错了吗？"伯母说："坐好吃饭……小孩子都在呢……"伯父嘴唇动动，却又没说。后面的氛围，就很是尴尬了，一家人闷闷地吃着。四堂哥接了一个电话，匆匆驱车离开，四嫂带着侄子也走了。二堂哥只是哼哼冷笑。妻子拉拉我的袖子，我朝她点点头，她就起身，招呼我们的儿子、女儿，也离开了。

只剩下四个人。

伯父起身，说："你们兄弟坐，我跟你妈回去，得把房间整理整理。老五，你要把老二送回来。"

我和二堂哥相对无言，二堂哥苦笑，叫来几瓶啤酒，倒了就跟我干：“你是不是觉得我特别没用？”我想了想，好像回答“是”与“不是”都很怪，也跟着苦笑，喝酒。我记忆迷糊，十年还是八年前，二堂哥谈过一个女孩，也到谈婚论嫁的时候了，最后时刻却崩了——那女孩当年网恋，竟然离开海南岛，远走千里之外到山东找那个男的去了。那女孩倒还手脚完整地回来了，可也性情大变，可能是遭遇到了什么不能说的事。二堂哥去找过那女孩好几回，想重修旧好，被扇了几巴掌，吐了一地口水后，他才死了心。遭此挫折后，二堂哥变得闷头闷脑的，整天只知道跟随着渔船出海，把自己晒成黑鬼，却很少出去跟朋友玩乐——他有没有朋友，也值得怀疑。他年纪越来越大，伯母很着急，忙着各种张罗，他只是哼哼哼冷笑，笑得伯母后背发麻。

他一瓶一瓶地喝，我只好一瓶一瓶地陪着。我们两人喝了一箱半的啤酒。

叫来的士，我陪着他，回到了伯父伯母的那个小区。房间在八楼，我要把他强塞进电梯，他说：“你先走吧。我在楼下坐坐。”我说：“伯父让我把你送回去，我不能这么走了。”二堂哥说：“回到这了，你放心。我就是在楼下歇一会儿，现在一身酒气，回去后，我妈又说三说四。”我也就不强拉他了，陪他坐在楼下。他一直叫我先走，他精神好些就立即回房。我走开，躲在一边看了他有二十分钟，见他并没有别的异样，我才离开了。

出了小区，夜风吹来，酒有一点点醒了，心里却更恍惚也更沉重了。我刚好记起有一个“女朋友”就住在附近，她在一家按摩院工作，我曾多次光顾她那里，多年顾客成了“伴侣”。她的声音幽幽传来：“来吧。在呢。”为避免打扰，到了她租住的房间，我便关掉了手机。她一直嫌我身上酒味太浓，逼我先去洗澡，出来之后，便和她滚到了一起。迷迷糊糊之中，我章鱼一般吸到她身上，她眼睛闭合，轻轻叹息。她陷入了比我更激烈的欲望之中，她有着要把我彻底吞没、吸入体内的冲动。

也不知道过了多久，我才睡了过去。

半夜醒来之时，脑袋还有些发昏，我打开手机看时间，有伯父拨打的十来个未接电话，也有妻子的三个未接电话，还有她的两条短信，都是："看到信息赶紧给伯父回电话，他打你和二堂哥电话都不通，打到我这里来了。"我登时涌起一股不祥的寒意，浑身发抖起来。我起来要穿衣服，还忍不住跑到"女朋友"的卫生间狂吐了一通。

我立即给伯父打了电话，他马上就接了——很显然，伯父和伯母还没有入睡。

最坏的消息是二堂哥仍没有回去，更打不通电话。

我扇了自己两巴掌，顾不上跟"女朋友"解释就离开了。

再次看到二堂哥，已经是次日傍晚，海水涨潮的时候。海涯村有人发现了二堂哥的尸体被潮水冲回沙滩，在距离一公里多的另一片沙滩上，是他的那条小木船，村人把电话打给了正无头苍蝇般乱撞、乱寻的我们。搬家时，家里的东西伯父都收拾走了，唯有这木船还没来得及处理，没想到，这条船跟这片海，合谋带走了二堂哥。我们赶回海涯村，二堂哥已经被村人抬到干净点的沙地上，有人一直守着，还撑开雨伞，以免暴晒在太阳之下。有人把他的木船牵到离尸体很近的地方。伯母呼天抢地，伯父则一直绷着脸，说不出话，在沙滩前呆滞了有半个小时。他只喃喃地对我挤出几个字：“我让你一定要把他送回来的，我让你……”

村人都指指点点，有老人建议不能把尸体老搁在岸边，先抬走。

院子已经被拆得差不多了，尸体没法抬回去了，只能抬到村庙去。村人跟开发方谈判的一个重点，就是保住村庙。开发商也都迷信得很，不少因为乱拆了古庙，开发商遭到报应、突然暴毙的传闻一直都有，因此，有些开发商也乐于卖这个人情——拆掉的每个村子，都保留着那里的村庙与祠堂，未来还可以通过规划，把其变成所谓的传统和人文保护之地，甚至还可以开发开发，变成卖门票的景区。

二堂哥躺在村庙里，伯母直不起腰，伯父变成了呆滞的木头，我脑袋像吹胀的气球，只有空。后来是谁出面主持大局安排二堂哥的丧事的，我一直没想起来。我一直陷入一种假设——要是我坚持把他送上楼、要是我没有那被风撩起的欲望、要是我在被欲望吞噬的时候没有关掉手机……有很多个可以让二堂哥避免死亡的可能，全因为我的疏忽而错过了。

我忍不住要去想象二堂哥之死：他在楼下坐了很久之后，终于走出小区外面，打了一辆车，回到深夜里的渔村。他可能还到我们家被拆得四零八落的院子看了看，屋顶和一些墙壁已经被推倒，有些框架还在。他站了好久，就去海边，解开自己的小木船，往大海深处划，往夜色中也永不停歇的海水中央划。喝了很多啤酒的他，是因为一个风浪掀过来还是自己主动翻身，而掉到水里的呢？在水中，他可能还经过一阵挣扎，毕竟他当渔民多年，水性很好。可酒精的麻木或腿脚的抽筋，还是让他沉下水底……直到在水中窒息而亡。他浮上海面，他和自己的木船，已经被水波荡漾分开。上涨的潮往岸边涌，把他送回了渔村的沙滩……这些画面在我脑海里纠缠、生长，越纠缠，越多细节便堵塞我的脑袋，把我往一种绝望里头拉。“要是……二堂哥便会……”

这样的假设，以强烈、连绵的力度，向我持续出击。

葬下二堂哥几天后，我病倒了，还发了场高烧。家里人都沉浸在这悲伤里，没人想到要来劝我。打了几天吊针以后，总算恢复了一点元气。我几乎变成了一个哑巴，躲在自己的房间里，基本上不出门，所有朋友、“女朋友”们，都再也无法让我拿起电话。妻子其间跟我吵过几回，我没回话，她骂两句也就没动力了，眼圈比我还红。儿子和女儿也为他们的二伯哭了几回，他们每次回村里，都爱跟着二伯父到船上玩一玩，可现在……他们已经到了懂得死亡的年纪。我觉得是自己把二堂哥按进那片海的——在我钻进“女朋友”身体的那一刻，在我于“女朋友”身体里陷入高潮、爆成粉末的那一刻，二堂哥正在苦咸苦咸的海水中陷入窒息。

我每天熬出浮肿的双眼。

一个多月内，伯父来劝过几回。伯父讲了很多道理，全无责怪我的意思，可他越是这样，我越是自责。伯父把我拉起来，往房门外面推。他说:“老二不在了，老四忙得很，得你来帮我做件事。你最好驾着你的车，整个海南岛环绕一圈，走走看看，散散心，也到处帮我打听打听买地的事，看看哪里有合适的。不要再窝着了，不要再让别人为你担心了……要死，也得死在外头……”缩在房内太久，门外的阳光让我眼睛刺痛，也让我闻到了自己身上的霉味。

或许，真的应该出去转一转了。

我就是这样，朝西，沿着海岸线，开始了我的环岛之行。

出发之前，我去把头发理了，茅草般的胡子被收割殆尽。妻子回到家里，看到我刚洗澡出来的模样，眼睛一下子就红了，嘴角却挡不住在笑。

鬼火

车开出省城，我本来想着回海涯村看看，靠路停车犹豫了一会儿，我没有拐回村里，而是沿路向西。海涯村一闪而过。我的行程很慢，我并不着急走，遇到一个镇子，我会停下来歇歇，有时还在镇上过夜，一个人穿行在陌生的街巷上，时不时问人有没有宅基地转让。但我也知道，自己只是象征性地问问，轮不到我来找，伯父心中应该早就有了中意的地方了。伯父心很大，要一片很大的地，才能安下他想象中的新家园。他不是要修建一栋高楼，而是要在楼前楼后，留下一个草木茂盛的院子——简而言之，他要重新塑造一个想象中的家，可以住人，更要安放祖先。

我在一个小镇上，跟几个完全不认识的年轻人在夜里喝酒，我闯荡江湖多年养成的酒量，把他们全部喝成了晕船人。第二天早晨，他们到我住的小旅馆找我，几乎要认我当大哥，并强烈挽留我多住一天，好和他们一起去接亲——再过一天，就是他们中的一位的大喜之日。我没有拒绝，我驾着自己的车，加入他们的接亲队伍，看着一路上的鞭炮轰炸。我在另外一个镇上，几乎要把一个年轻的姑娘拐跑了。那时手机欠费了，我走进一个营业厅缴费，看到那姑娘长得好看，死皮赖脸要了她的联系方式。当晚住在镇上的小旅馆里，我发疯一般，跟她在手机上说了很多让人脸红的话。第二天早上，我去退房时，发现她在旅馆门前等着我，眼圈发肿，不知道是没睡好还是哭过。我只好带着她一块去吃了早餐，其间我说上一下洗手间，转身跑上车，快速离开。车开出小镇的时候，我看到后视镜里的她追跑着，在招手、顿足、蹲地、捂脸。我心软了，想停下来的，却加快了油门，车轮卷起一阵烟尘，她辞别了我小车的后视镜。我还曾被一片树林迷住，停下来流连了半日，差点儿在树林里迷失，绕不出来。后来是靠着手机上的指南针，找准一个方向，一直往前，才得以摆脱。出来后，在旁边的一个村子里，有人说那片林子怪得很，鬼气森森，常会发生这样的事，养的猪啊鸡啊跑进去都出不来，常常死在里头，夜里满林子都是邪乎乎的鬼火。

我变成了海南岛上的浪荡子。

我是在出发的第五天，遇到另一位浪荡子的，他是天地的浪荡子。

我在漫游与晃荡，但路线都是沿着海南岛的海岸线。碰到渔村，我就会流连好久，我总觉得，那不是我误入他乡，而是回到了故土——我把每一个海边的渔村，都当作海涯村。我在每个村子里都幻想一番，若是伯父在这里买下一块地，重建家园，重新摆出他封到箱子里的祖先牌位，会是一副什么模样？开车到海南岛西北部一个县的这个名叫“博济村”的村子时，已经是落日时分。我在博济村停下来，是因为我发现，这个村子跟曾经的海涯村一样，面朝着大海，村里也有人种着茂密的甘蔗林，从高出田地的水泥路上四望，绿色的甘蔗叶随风摇摆，一片苍茫。村子往北，便是琼州海峡的浪。一条路修到了海岸边，海边有一个挺高的小港口，有几艘小船，停在港口下面。下车，走到港口边，发现这个港口两侧，垒叠着很多嶙峋的火山石。很多年前，海南岛西北部曾是火山活跃的地带，所以这一带留下了很多火山喷发的遗迹，留下当年火红而此刻黑硬的一块块印记。极目远眺，东北角的海边，大概两三公里外，竟然有一片绿色——那是离岸边不远的一个小岛吗？

海风灌来，我闭上眼睛……回到了海涯村。

天黑之前，我在博济村随便问了一家人，这个叫阿朋的主人，很热情地接待了我，邀请我一起吃晚饭。听说我也是从渔村来的，他还取出了一些新鲜的海货，甚至让我品尝了一点海马酒。我说要开车，不能喝。阿朋问：“你今晚去哪住？”我说：“就睡车上。”阿朋说：“那不就得了？你就把车停村里，你睡车里，不用去哪。喝。”几杯酒下去之后，我想起在港口看到的那片绿色，便问：“你们村附近是有个小岛吗？”阿朋的脸有些诧异：“问这个做什么？”我说：“下午去海边，看到了。随便问问。”阿朋笑了，又露出一脸的神秘：“那小岛，很邪门的，是个鬼岛。”我大为惊奇：“鬼岛？”阿朋放低声音：“那地方，以前很多鬼火的，现在还有，但比以前少多了。那岛上，当年也有很多废弃的渔船什么的，没什么人敢上去。”我说：“这样啊。喝，喝，喝。”阿朋嘴巴动了动，本来要憋住的，却又忍不住：“现在啊，那岛上也还有人住着。有一个家伙在上面，我们村里人，姓吴的，待了四十多年了。村里人都说，他找到鬼了，鬼不让他上岸来，他也变成鬼了。”我惊得差点呛到，咳嗽了几声，喉咙处海马酒的浓烈味挥之不去，我干咳着：“还有这种事，好玩，好玩……”阿朋叹气：“好玩什么呀，倒霉得很，不说了，不说了。喝酒，喝酒。”我只好举杯，跟阿朋以及他的老婆碰杯。他们的小孩早到外面工作了，剩下他们两个五十多岁的人，守着渔村边的家。我掏钱要给阿朋付一点，被他伸手打了回去。他们还要去收拾儿子的房间，让我住一晚，我坚决不肯。

我倒是在他们家洗了一个痛快淋漓的凉水澡。

我回到车上，躺了好久，也没睡着，酒意很快消退了。看到那家人灯光暗了，我悄悄驱车离开，我再次来到港口那边，把车停好。海潮起落的声音传来，让人着迷——这是很多年来伴着我入梦的声音。我忍不住瞧向那个小岛的方向，夜里一片黑，当然也并非全是黑的，而是有一种迷蒙的灰，洒在海面上。不过那小岛是看不到的。我又想到二堂哥的死，他那晚也是在这样的夜色里，划船进入深海的吗？他急匆匆从省城离开，回到渔村，划船出海，是要寻找什么吗？有什么事情是他非要在那个时候去做的呢？……

这事一旦想起，脑壳就痛了起来。

我打开车门，紧紧盯着小岛的方向，想发现刚才那家主人口中所说的“鬼火”——倒真的有火光。昏黄、微小，在海面上若隐若现，有时好像早已熄灭，过一会儿又再次出现。那是顽强、倔强的一点光。鬼火是白磷遇风的燃烧，颜色幽暗，往往一闪而逝，这点顽强的光，肯定不是白磷之火。那是什么呢？是那个主人口中被鬼留在岛上四十多年的那个人吗？我兴奋不已，甚至想，要是此刻有一条小船，我会划向夜色中的那点光——我伸出了双手，想着渡水而去。

在车里弓着腰躺了一夜，第二天一醒，我立即开车到最近的镇子上。吃完早餐，买好一些吃的喝的，装了满满一个大背包，我再赶回博济村，准备找一条船前往那个小岛。我问到了昨夜喝酒的阿朋家，他正在院子里翻晒着一些鱼货，这些被剖开的鱼，在日光中变得金黄而透明，散发出迷人的鲜香味。听说我要上岛，阿朋一直摆手：“不去，不去。”我不停地央求他。阿朋摇头不止：“那地方，倒霉着，去那干吗？”我说：“浪费你工日，我给你付钱嘛……”阿朋哈哈大笑：“真不是钱的事……好吧，你愿意出一百五，我就送你去。”他喊出“一百五”，好像是要把我吓退。我却立即跟进：“就一百五。”阿朋愣了许久，再没有退的理由了：“走。”

这个小港口还挺陡峭，阿朋先下去开船，指定好一个好走的位置，让我下去等着，他把小船摇过来接我。小港口两侧堆满火山石，在海水冲刷之下，颜色更深，长满各种青苔，爬满各种耐咸的小虫。海水并不清澈，这一带火山石太多，几乎没什么沙滩，海边很陡峭。小船并不大，却更方便近海的出入。阿朋以竹竿撑着船过来，我踩上去之后，阿朋把竹竿收起，平放在船上，拉开发动机。他喊了一声：“坐好。”我蹲下，他在小船的后侧掌控着发动机的方向，小船飞驰而出。

这里的海风比海涯村的更咸更苦一些，是有重量的，迎面没吹多久，脸上就戴上一层厚厚的海盐面具。小岛离岸边大约有一公里多，小船大概行驶了有十几分钟。很显然，阿朋很熟悉这小岛，他很快把船停靠妥当。我塞了两百块到阿朋手中，他说："说好的，一百五。"我说："不是还要接我一趟嘛。"阿朋笑了："一来一回，加起来一百五。"我拍拍他肩膀："买烟抽吧。要回去的时候，我给你打电话。"我跳到岛上。很显然，在岸边的时候，我低估了这座小岛的面积，它比我想象的要大得多。脚下铺满了各种奇形怪状的火山石，还有大堆大堆的珊瑚礁，隔着厚厚的鞋底，也能感觉到石块与珊瑚礁的凌厉。我小心翼翼，避免自己滑倒。走的速度极慢，离开石块与珊瑚礁混杂的地带，绿色开始出现，脚下也能踩到沙子了。

我寻向绿色更加茂密的地方。

眼前忽然平坦起来，竟然好像是铺好的路。往两边一瞧，火山石浩浩荡荡，垒成了好几个鱼塘，这些鱼塘内有一些水，但并不深。石块围成的，好像是万里长城的其中一段——这是一段铺设在孤岛上的长城，孤绝、怪异。不知道谁在这里垒成了它们，它们又有什么用？石块的缝隙里，长出了各种颜色的海边植物，即使在海边长大的我，也仅仅认得野菠萝、珊瑚菜等寥寥几种，一些藤蔓上，长出各种颜色的花，而白色的最多。随着植物的出现，脚下的沙子更多了，我逐渐接近这个小岛的中部了。越靠近中部，沙子越多，终于，脚下全是细软的白沙。数不清的木麻黄树，在岛中央，形成了一片林子——我在岸上看到的那一抹绿色，便是这片树林吧？凭着直觉，我猜想，要是那个怪人住在岛上，这片林子一定是最好的选择。海风把木麻黄林吹出一种奇特的声响，这是住在海边的人才能感知得到的，那是木麻黄针尖一般的叶子破空的声音，飘荡起来，有一种四顾怅然的虚空与寥落。我能听得出，这岛上的木麻黄叶摇摆的声音，又和海涯村那片林子里的不一样，这里的声音，好像夹杂着一股回声。沙子并不干净，不时有些世人带来的矿泉水瓶、泡沫块、塑料袋等垃圾，这都说明，可能我离那个怪人越来越近了。我心中竟然没有任何怪异或不安的感觉，反而十分坦然，好像我来此，不过是确证一个已求解的猜疑，不过是回到一片熟悉的故地。

我看到了那间只剩下一半的残破的小房子。

这间小房子也就十平方米左右，裂开的墙体，裸露出里头的红砖，如果不是钢筋的连接，或许早已被掰成了两半，房子的外墙简单地粉刷着一层灰色水泥。这房间已经倾斜，连地基都被掀出沙面，最大的裂缝在房子唯一的门那里，一条贯穿整个墙体的裂缝，简直能把拳头塞进去。门板肯定也是没有的了，窗口也只是墙壁上的一个洞，房内也没有任何摆设，空空如也。很显然，这间建在沙地上的小房子，在一次台风之中，被摧残成了眼前这个模样。让我感到惊奇的是，门两侧和门顶上，竟然用沙子和水泥涂抹上了长方形的条框，上有一副对联，字是在水泥半干不干的时候刻下的凹纹。对联框被涂成蓝底，字是水泥的原色，撕裂开的墙壁把对联上的几个字也扯了下来。我在房门前寻找掉落下来的对联残片，虽然没能拼得完美无缺，虽然字迹斑驳，可半看半猜，基本也能“拼出”这些字来：

半生心事秋凉春暖愁岁月

永世恩情林秀风清忆海天

门框顶上的四字横批是:“守岛老人”。房子不能住人了，房子边上的木麻黄树上，随意绑着几块看不出本来颜色的破布，破布下面，随意搭着一个底架，上面铺着几块木板——应该就是床了。床边上还有一个红泥火炉，炉内炉外都有一些烧过的木灰，旁边随便堆砌着一些断枝干草什么的；还有一个拧紧了盖子的白色塑料桶，里头有半桶水。旁边还有一个陶缸，以木板覆盖着。这里应该就是那个怪人起居的地方。可那几块破布能挡住风吗？此时风吹来，不断摇晃着那些布，几乎要把一切全部掀走。怪人去哪了呢？此时，日光直射，沙子反射的光，让眼前白花花。遥望小岛四周，除了一些木麻黄树、野菠萝，没有看到一个人影。小船登岛处尽是乱石与珊瑚礁，而走过房子后的小岛的另外一边，则全是洁白的沙子，它们铺洒在沙滩上。离房子不远处，我还看到一块政府某年立下的岛碑，碑体并不旧，文字上有些残存红漆，整个碑身却被掀翻了，碑底的水泥块也裸露着，应该也是台风造成的。石碑上的文字刻着：火牌岛（HuoPai Dao），曾用名火牌屿、红岛，该岛位于某某县某某镇海域，北纬某某度，东经某某度，距离海岸线某某米，该岛长某某米，宽某某米。某某县政府 2003 年立。

沿着沙滩往前走，沙滩尽头的正北处，又是怪石。由于这里正对着琼州海峡中央的大海，这些乱石被冲刷得没有任何垃圾，无比干净。低头一看，却有各种螺、贝附着其上，也有些小螃蟹一闪而过。我仍旧没看到那位岛上的怪人。我只好返回岛中央的房子那里，背包里满满的吃的、喝的，已经把我的后背捂出淋漓的汗水。我脱下背包提在手上，海风从背后吹来，流汗的地方一片凉意。我靠着一棵木麻黄树坐下，耳边只有风的声音，只有风与木麻黄树的合奏，从这里往岸边看，海南岛是一块巨大无比的大陆，我内心涌起一种永远无法言语的奇怪之感。一个人，在这样的地方独居四十多年，为什么？

孤岛好像隔绝了一切，在此刻，我好像可以连手机也不看，可以真正面对着这片海天一色。我前所未有的放松，我与一些女子的纠缠、对妻子的愧疚、对二堂哥之死的自责，在此时混成一团，又结伴消散……我靠着那棵树睡了过去。

我是被两道目光唤醒的。

睁开眼睛，我最先看到的不是一张脸、一个身子，而是一双像在燃烧又像潜入幽深海底的眼睛，那双眼睛一动不动。我几乎是跳起来，才看到了眼前这位虾一样弓着腰的老人。他的上衣是条纹衫，已看不出原来纹理的颜色；一条黑布长裤，裤筒很大，飘荡着，好像套在两根细小的竹竿上。他的脸很瘦，眼睛内凹，两腮也凹进去，颧骨则凌厉地突出，脸上各种交错的纹理，有些像我登岛时看到的那些火山石，毫无规则可讲。我很想猜测他的年纪，可没办法，他好像很老了，又好像并没有那么老。这肯定就是那间房子横批上的“守岛老人”了。他见我弹跳而起，漠然转身，到了他的火炉面前，开始生火。一个小砂锅已经架在火炉上，不知道那里煮的是些什么东西。风大，火机打着之后，还得用另一只手挡风，才能把火生起来。

我指着横批上那四个字：“老人家，您是……？”

他并不理我，只管往炉里塞着些干树枝。我拍拍身上的沙子，感觉到了喉咙的干涩，打开背包，里面有矿泉水，也有冰红茶什么的，我递给老人一瓶冰红茶，跟他点点头，他不拒绝，也不伸手接，更是连眼睛都没眨。他只是关注着眼前的炉火，他看过我之后，我就不再存在了。我只好把手缩回，把冰红茶塞回包内。我喝了几口矿泉水，翻出一个包子，递给他，他同样不理会，不出声。我只好把包子自己啃了。枝叶在火炉里烧得很旺，砂锅里传来沸腾的声音，还有一股股鱼虾的香气袭来，锅里头焖着海鲜。我再看看他那张“床”——旁边已经多了一张小渔网，还在滴着水，他锅里煮的，应该是刚从海里拎上来的。他把锅盖揭开，一阵水汽散开，香味更浓了。

他不管我了，走到那间破房子门口那，伸手往屋内靠门的内墙一抓，拎出一个透明的玻璃瓶，他揭开盖子，仰头喝了一口，有一阵酒气飘过来——那是散装的米酒。他又蹲到砂锅前，用一双筷子翻滚着里面的鱼虾。那双筷子以两根树枝削成，并没有很直。筷子夹住一条小鱼，就塞到嘴巴里，他满足地吃着，全然忘了这个世界。我没话找话，问了很多，他却一概不理，我顿觉无聊、失望，心想看来是没法让他说一句话了，又或者，他是一个哑巴？我只好掏出手机，悄悄地，趁他不注意，拍了他边喝酒边吃鱼的背影。我还想着，是不是要打电话给阿朋，让他尽快开船来接我？我翻到背包里还塞着三罐啤酒，取了出来，我走到他面前："老人家，看你爱喝酒，这啤酒，给你。"他的眼睛眨了几下，摇摇头，见我没把手缩回，他开口了："这啤酒……我不懂，我喝这个……"他的声音是沙哑的，讲话也不是太顺，好像已经太久没跟人说话了，他摇着手中的玻璃瓶，表示他爱的是米酒。可他的眼睛注视着啤酒，没有转移。我说:"这个,也很好喝的,你试试。你爱喝米酒,也试试这个嘛，味道不同的。"

他没有把米酒瓶放下，我把三罐啤酒放在他面前，说："给您喝。我走了。"拎起背包，掏出手机，就要给阿朋打电话。他忽地转过身来："你喝不喝？这鱼，你不嫌脏，吃两块？"我心中狂喜，知道有酒之后，他愿意开口说话了。我说："我倒是想吃，没筷子嘛！"他笑了："折两根树枝就是。"我也笑了，从背包里掏出一把刀子，削了两根树枝，也蹲在火炉面前，打开一罐啤酒，跟他碰了碰，喝起来。一靠近他，我便闻到他身上的奇怪气味，他多久没洗澡了呢？幸好，这种奇怪的味道，被海边的咸腥味遮盖了，我闻惯了这种鱼虾发臭的味道，还能忍受，却也不能靠他太近。砂锅里煮的，有十来条小鱼，二三十只小虾，还有三只巴掌大的螃蟹。我夹了一块鱼，那自然的鲜味，混合着树枝上自带的气息，被我吞了进去。怎么说呢，我也是渔村的人，吃过各种海味，他的做法也确实是太简单了些，纯粹只是把东西煮熟而已。但配合着这孤岛，倒也另有一种风味，好像不是这样的吃法，便配不上眼前这个腰弯如虾的老人。喝了几口之后，他把米酒瓶盖住、放好，也开了一罐啤酒，喝了一下，眉头皱了；再多喝两口，也就习惯了。

老人问：“你到这岛上干吗来了？”

我说：“我是闲人，没事乱逛呢。昨天在岸上看到这里有个小岛，又听人说这里有个怪人，就想来看看。”

“哈哈哈，我怪吗？”

“也还好。”

“你是闲人？什么样的闲人？”

“就是没什么事做的人，逛到哪算哪，困了睡，饿了吃，不去想明天的事。”

“看来我也是一个闲人啊。”

……

有一搭没一搭地聊着。我把自己这么些年的一些事也说了，说我怎么受不了束缚，辞掉了工作；后来我又怎么样在省城盘下一间铺面，经营渔具批发，也是没干多久，再次甩手走人……我当然还讲到海涯村，讲到海涯村行将消逝……说着说着，我发现一直是我在讲，我快要把自己的家底都翻出来了，而关于他的消息，我仅仅知道名字——吴志山。还好吴志山从未对我讲出来的事加以点评，我讲，他就听，仅仅是听。这顿酒竟然喝到了日头西斜，中间吴志山还端出另一个小锅，从那个水桶里倒了些水，煮了一点饭。金黄色铺满西边海面的时候，我起身跟老人告别。

吴志山问："有急事要走吗？"

我说："天黑了，夜里就没法回岸上了。"

"那就在这过一晚嘛。"

我有些犹豫，不知道在没有任何装备的情况下，自己能不能在这里熬过一个晚上。

吴志山说："晚上，我带你看看鬼火。"

我立即给阿朋打了个电话，跟他约好，明天早上无论我给没给他打电话，他都十点半准时来接我——我怕手机里的电池熬不到那个时候。他在电话里跟我确证了好多回：“你……真的要在岛上过夜吗？”

落日余晖洒满海面，一场辉煌的合奏。海面着火一般，那火是贴着水面的，蓝色褪去，红色涂满。午间的燥热此时也全没了，海风变得前所未有的温柔。木麻黄树的叶子飘荡着，像情人的呢喃。吴志山也靠着一棵树，望着那轮巨大的红日，留下一帧黑压压的剪影。他肯定不是一个粗野之人——粗野之人不会因为一场落日而发呆。

日光落下之后，没多久，漆黑笼罩了整座小岛。那种深黑浸入身子，这小岛变成了被光遗弃的孤儿。远眺岸上博济村，可以看到一些灯火在闪烁，那就是我昨晚待着的地方。眼睛适应了黑暗之后，却发现，周围并非没有一点儿光——好像有一种深蓝色围裹着我们。吴志山点燃了一盏马灯，眼前顿时亮了起来。亮的范围很小，却散发着难得的暖意。他左手提着马灯，右手用一根棍子挑着渔网，走下沙滩，准备去撒网。我也跟了过去。他把木棍插在沙滩上，马灯挂在木棍的一个枝节处，他脱下长裤，放在木棍底下，摸索着，走进海水里。

我站在木棍和马灯旁边，心想：昨晚我在岸上看到的那点光，便是这盏马灯了吧？他很清楚哪里水深、哪里水浅，他下去之后，便全忘了还有我这个人在场。他不断地撒网、收网，却没什么收获。忙了有半个小时，他拎着网上来了，只有零星的几条小鱼。像是看出我的心思，他说：“以前鱼多，现在少了，不好搞。”他下半身湿淋淋，海水顺着小腿往下滴。他说：“奇怪，今天怎么一下水就觉得冷？”我说：“可能因为你喝了啤酒。”他说：“喝那东西容易觉得冷吗？怪不得，我一下水就发抖。今天就这样，回去吧。”

返回屋子那里，他走到一棵树后面，换掉内裤，穿上长裤。他手一拧，熄灭了马灯。他的手指向北面：“你盯着那里看，运气好你可能就会看到了。”我知道他说的是“鬼火”，紧紧盯着。几分钟之后，他猛地惊叫：“你看，那里。”我赶紧寻找，却没有看到任何东西。过一会儿，他又说哪个地方有，我仍旧没看见。他一连喊了四五次，甚至还说那是红色、橙色或者蓝色的光，我眼前还是一片空白。“可能你还不习惯，我当年来岛上找鬼，也是找了十天八天，才头一次发现了鬼火。难道这火也认生吗？奇怪。”他停了好一会儿，又说，“现在不一样了，现在这鬼火少了。早些年，不少鱼虾死在那边石头上，被日头晒出鱼骨，这火多得很。”

困意有些袭来，吹了一天海风之后，没有洗一个淡水澡，蹲在沙地上的时候，我浑身都瘙痒了起来。吴志山好像察觉到我的异样，说：“是不是浑身不习惯了？来，你睡我床上，我今晚睡地上。”他身子一滚，躺到沙地里。我只好躺到了他的“木板床”上，海风四面过来，所有的困意全都消失了，我只能望着夜空里的繁星，偶尔望向岸上博济村的灯火。点亮手机看时间，才九点半，往日住在城市里，我还没洗好澡出门呢，在这里却感觉到了真正的长夜漫漫。时间在这里，变得缓慢了。

不知道吴志山睡了没有，我随口问了一句：“老吴，你当年为什么要到这岛上找鬼啊？你找到了没？”我又划着手机屏幕，乱看新闻，手机里的另一个世界比这个小岛离我更近。我知道吴志山肯定不会轻易说的，问完了也就完了。谁知过了一会儿，他幽幽的声音又远又近地传来：“你真的想听？”

“想听。”

“那可能你今晚都没法睡了。”

“你觉得我今晚还睡得着吗？”

他酝酿了好一阵儿，说：“好多年的事了……我都很模糊了……你看，看那边……”他的声音猛地提高，我顺着暗黑里他的手势，瞧向东北面。在那一瞬间，我看到一团幽光飘然一闪，我说不清那到底是什么颜色，好像包含了所有的颜色，我看到橙色，也看到血一般的赤红，更看到深蓝转成浅绿。就那么一瞬间，火光就没了，它到底是远还是近呢？它是飘向了水面，还是掉落进了沙地，或者是被眼前这位老吴，收纳入了自己的眼睛？

那就是“鬼火”吗？

第二章

复员

被录取当兵之前，吴志山读过几年书，读着读着读到初中，就成了博济村文化水平最高的人。十几岁某年，他竟然不知道从村里哪家人那里，摸到了一些竖版的书，翻看得津津有味。可那时看书，得藏着。1959 年，新中国成立十周年的时候，他已经二十一岁了，听到征兵的大喇叭不时响着，他也有些心动。在那之前，他时常随着村里的渔船出海，在渔船上捞回鱼虾贝蟹，把人晒得跟黑鬼一般。他跟妻子商量说想去报名参军，妻子笑他：“你这么大年纪了，还要去当兵？”他说：“怎么就年纪大了？难道你想我一辈子在渔船上日晒雨淋？你想想，我要是穿着一身军装回来……神气不？……”

妻子默然不语。

他们结婚也才一年多，这一年多以来，他每次随船出海，她就跟渔村里其他女人一样，提心吊胆着，悄悄在夜里流下过不少的眼泪。幸好妻子很快生了一个男孩，她的注意力转移到小孩子身上，那些他在船上的夜里，她不会再感觉身边没人了。但她有时也想，要是……他跟村里其他男人一样，出海之后遭遇到什么不测，那……后面的，她就不敢想了。海上风大浪急、神秘莫测，渔村人丢命丧魂是家常便饭，多少男人走后，剩下的女人孩子，只能每年好几回红着眼睛，在海边烧纸祭奠。她心想，现在和平年代了，当兵却不打仗，挺好的——只要人在岸上不在水里，就挺好，便同意了。

说起来，他们两人是吴志山的母亲找人介绍的。母亲刚介绍时，吴志山脾气上来了，哪肯去见面，和母亲杠上了："新中国了，都是自由恋爱，哪还有找媒人介绍的道理？"母亲哼哼冷笑："读过两年书，就懂得什么叫自由恋爱了？再多读两年，你还不得进中央，你还不得去当革命领袖？你懂得多，不也是跟着船去捞鱼？赶紧娶回来，生了孙子，你怎么闹都行。"吴志山知道，母亲有她的考虑，觉得他出海几年了，风里来浪里去，不在岸上留下血脉，要是真有不测，那就……道理他懂，可倔脾气上来了，哪里说让去就去的。母亲没招儿，找了几个人，硬是架着他，和女方见了一面。心中有气，可吴志山眼睛不瞎，他看到那女子也长得颇为顺眼，黑是稍微黑了些，可鼻子尖尖翘翘不说，那脸蛋上竟然还有两点酒窝，关键是屁股挺大，对吴志山的味。两人见着后，闲杂人等就找借口撤退了，吴志山不是盯着人家鼻尖和酒窝，就是望向人家的臀部，一句话不说。她生气了："你是哑巴？"吴志山冷笑："哑巴不哑巴不重要，我主要是来买母牛的。得看看鼻子、看看屁股，瞧顺眼了，要买回家，耕田用呢！"她跳起来："你把我当母牛了？你当你自己是什么？”吴志山说：“我没当自己是什么，倒是你，先骂我哑巴的。”她气极而笑，他也咧嘴笑了。这一笑，两人就放松了下来。此后，两人私下约见了数回，两人总爱钻进渔村边的树林里。吴志山读过几年书的优势就发挥出来了，话讲得动听，还会用暗语，比如说，他会靠近她，压低声音说：“要耕田不？”她脸上像着了火，骂他是地主恶霸，整天剥削贫农。“田”耕来耕去，两三周后，两人就去领了证，手上攥着新中国的结婚证，吴志山和陈爱珍的名字写到了一起，成了合法夫妻。因家里贫困，吴志山没让父亲母亲操办摆酒，吃了些鱼虾蟹贝，算是把这事定了下来。

吴志山要当兵，本只是抱着试试看的态度，因识得几个字，最后却真的被部队录取了。消息传来，渔村震动。这偏僻的渔村，处于海南岛西北，没出过什么革命人士。革命家们，多在海南岛东部、东北部活动，新中国十年了，博济村出了这么一个当兵的，也算是大喜事一件。村里没让吴志山家为难，集体买来了几挂鞭炮，悬在吴志山家门口，轰得噼里啪啦，轰出陈爱珍的笑脸和出生数月儿子惊恐的哭声。因读过几年书，在当兵的人里，吴志山算是难得的知识分子了，他没被安排去干那种整天耗费蛮力挥洒汗水的活儿，而是在解放军驻海南部队的一个医疗大队工作。也是在这时,他开始学到了不少医学知识。有时他也想,若非当时脑热报了名，怎么可能会知道世上的医学是这么回事呢?

吴志山脑瓜子灵，学东西上手快，岛上部队，最缺的就是医务人员，他也就听从调令，随时在海南岛上各处跑。部队生活可不比家里自在，尤其夜里，想起妻子和孩子，总是有些怅然。所幸他还懂些字，写信倒也方便，不然很多话告诉别人，由别人来代写，那得多难堪啊！其时部队军垦的任务很重，当兵的辛苦得很，时常有一批一批的年轻人病倒累倒，吴志山医术好，在抢救这些士兵当中，立了大功，很快地便被提拔为班长。任命书下来的时候，他兴奋地又写了一封信，告知博济村的妻子。当兵虽然在海南岛内，但探亲的机会并不多，一年有那么一两次机会，回到家，村里人都围聚上来，拉拉他的衣服，扯扯他的帽子，说吴家祖坟冒烟，有人吃上共产党的一碗饭了。见完父母兄弟，家里只剩下妻子、儿子的时候，吴志山跟陈爱珍说出了自己的愧疚。隔太久没回来，儿子对他很陌生，他一抱就要哭。

夜色渐深，儿子哭累，终于睡着，便是两人的时间。

吴志山笑嘻嘻：“很久没‘耕田’了。”

“知道你就惦记着这事，我抢着把那小子哄睡了。”

“呵，你想不想？”

陈爱珍把头低下：“田荒久了，是得翻翻。”

吴志山顿时醉了。

没待多久，刚跟儿子混熟，又到了离开的时间了。儿子看着父亲的离去，哭得陈爱珍的眼眶发红。

转眼就过了四五年，吴志山几乎随部队跑遍了海南岛。每回家一趟，儿子就大了一圈，也渐渐懂得自己有个穿军服的父亲。长期这么跑着，吴志山有时也想过别样的生活，心想复员回家，当个村里的医生，不也是挺好的事吗？但这心事也只是一闪而过，穿着军服的他，总是听从着号令，辗转各地。他从没料想，心中闪过的念头，最后成了一个永远的幻梦，一直到了五十多年之后，他偶然想起，仍旧难以释怀。他总觉得，他应该还有着另外一种活法，那种活法无论如何，都比他后来避居孤岛要强。

那次是到了海南岛中部的五指山区驻扎，大部队在那里进行开垦，他则在队部医务室工作。部队初到，与当地的民众联合举办了一场军民共建的联欢活动。吴志山懂得唱一些渔家的民歌，每次碰到这些场合，都被推出来表演。夜里，篝火点起来了，稍微平整过的地面上，围满了看热闹的军民，人人脸上都泛着笑意。当地都是能歌善舞的少数民族群众，个个都穿着艳丽的民族服装，唱起歌跳起舞来，没个完。吴志山上场，说：“我是渔村长大的，渔村的男人，在海上出生入死，稍不注意，便葬身鱼腹。那些女人在岸上等着，心里也不好受呢，夜里担心着，天长地久，便编了很多歌，想着念着海上的心上人呢。现在，我就不给大家唱那些心酸的歌了，唱首欢快一些的，唱渔家男女的求爱歌。”清清嗓子，他唱道：

……好石磨刀不用水，好哥问娘不用媒。

好像五六月鲳鱼跳水，阿哥有情妹过门。

……

你不嫁哥哥不愁，阿哥不上妹门求。

东船鱼姊十八九，西舟蚬妹等后头……

吴志山早已数年不上渔船，歌却还记得，他虽然说要唱得欢快一些，可一想起已是接近一年没见的妻子儿子，嗓音有些颤抖，眼圈也红了。

这首歌赢得了掌声和喝彩，也改变了吴志山的后半生。

他唱完之后，在场外继续看着表演，忽然有人用手撞了撞他：“你唱得真好。”他扭头一看，是一个十七八岁的当地女孩，眼睛很大，肤色白皙，跟渔村粗壮的女人绝不一样，跟自己妻子陈爱珍也绝不一样。吴志山点点头，没说话。女孩子一直站在他身边，直到联欢解散。后来换洗衣物的时候，吴志山发现上衣的口袋里有一团纸，展开来看，字迹已经模糊，隐隐约约能看到什么时间什么地点之类的东西。他没想起这纸团怎么来的，随手丢了。两天后，他正在医务室里坐诊，进来了一个人：“我找吴志山。”

吴志山扭头：“我就是。”

他觉得眼前的女孩有些眼熟，好一会儿才想起，是联欢会当晚站在自己身边的那人。

她说："我跟你约了，你怎么没来？"

"约了什么？"

"你没看到？"

"哦，是不是那个纸团？我洗衣服，模糊了，没看到，你有什么事吗？"

她停了一会儿，说："我们这的少数民族的人很直接的，到了节日就唱山歌，看对眼的人，女的会邀请男的到她独居的寮房里。我不是少数民族，我也不会唱山歌，可我也想邀请你去我住的地方。"吴志山再傻也明白了，这女孩是看上他了。他挥手不止："你们有你们的风俗，我们部队有我们部队的纪律。"但无论吴志山怎么解释，那女孩总是不肯走。幸好很快一个接一个病号、伤员进来，吴志山忙了起来，才算解了围。

等一切忙完，他又发现，自己桌上，又折叠着一张纸。吴志山摇头苦笑，没敢去打开那张纸，收到抽屉里去了。他是后来才知道这个女孩叫阿荣。阿荣很有办法，把吴志山周边的人都摸了一个底。还不时有战友来劝吴志山，说阿荣天天跑来，你有福气，人家主动找上门了，该享享福哩。吴志山正色道：“我是军人，也是有老婆小孩的人，亏你说得出这些话。”战友摇头苦笑：“那你麻烦了，这阿荣是块膏药，不好甩。”

吴志山出现的地方，都往往有阿荣的出现。吴志山在人群中看到她，避也没地避。

有一回，阿荣捂着一条受伤的手臂，跑来医务室让吴志山包扎。吴志山召唤医务室里其他人过来，想要靠近的，都被阿荣以恶狠狠的眼光逼退了。吴志山只能亲自上阵，敷药、消毒、捆绑伤口……阿荣说：“我是为了见你，专门伤了这只手。”吴志山本想责骂她，却憋住了，什么都没说。谁知道阿荣伸出手臂，抱住了他，根本不管那只手有没有包扎好，她一用力，尚未绑紧的绷带顿时散开，鲜血直往外冒。有那么一瞬间，吴志山也是有一些感动的，他是军人，但毕竟不是石头人，尤其深夜里想到妻子，想到和妻子的欢愉时刻，他也有过豁出去去找阿荣的冲动。阿荣双臂环抱住吴志山，她的哭声和身上的气息，让吴志山没法奋力甩开。

吴志山看到她手臂上的血，才警醒过来的。

当天夜里，吴志山打定了主意，不能再在这里待着了，再待下去，他很难保证自己还能忍住——即使他的毅力足够强劲，她天天往部队的医务室跑，传出去也影响不好。现在到处在宣扬军民团结共建，他这是……原来他准备复员回博济村当个乡村医生的念头，变得越来越强烈。第二天一早，他就写了复员申请，他还把其间阿荣写的几封信都附上，希望组织上理解，批准他的申请。他站在部队领导的桌子前面，等待着答复，领导翻看着他的申请书，也翻看着阿荣写给他的信，眉头越来越深重。

领导说："这些信你都看过？"吴志山说："怕犯错，没敢看，只收着。"领导笑了："现在还有机会翻一翻，你要不要看？……算了，你还是别看了，我看了都要丧失革命意志……"这领导参加过解放海南岛的战争，十三年前，凭着小木船和不怕死的劲头，从琼州海峡对岸横跨过来，把国民党的残部收拾殆尽，他也因此瘸了一条腿。领导的残腿伤得不重，但每到天气有变，风湿痛都会猛烈袭来，这几年每到发作之时，都靠着吴志山的止痛与按摩来熬过去。最近部队上确实也有一批复员名额，可他从没考虑过吴志山。吴志山说：“我再不回去，出事不出事不好说，就怕我家那浑小子，早把我忘了。”可能是吴志山的这句话触动到了领导的某根弦，他沉默了一会儿：“我同意。”

之后的几天内，吴志山一边忙着工作交接，一边收拾自己的包袱。一想到马上能回到博济村，吴志山心中竟然涌起了些对阿荣的感谢，若不是她三天两头来纠缠，恐怕他永远也下不了这个复员的决心。来当兵这几年，跟妻子孩子没聚过几天，是该要回去看看了。这一次部队上复员的人有十几个，但主动提出申请的，就他一位。部队还为他们举行了一个告别会，不少被吴志山治疗过的人，都眼含热泪前来道别。竟然还被安排喝了些当地的米酒，劝酒的人多，吴志山也就多喝了一些。

在其他人都难分难舍唱歌跳舞互诉战友情的时候，他率先回宿舍收拾包袱。谁知道他刚把衣裤塞进包里，身子一紧，有人抱住了他。他心里一沉，身子一甩，跳开，扭头，看到了阿荣含泪的脸。他喊起来："阿荣，你疯了，你怎么进来了？"

阿荣说："听说有一批人要复员，有没有你？"

吴志山冷冷道："有，明天一早就走。"

"你复员回哪里？"

"当然回老家，我有老婆孩子，我得回去。"

"听你唱的渔家歌曲，你们村一定很美，能不能带我去看看？"

吴志山喊："你还想怎么样？你还不明白吗？我就是为了躲你才复员的，我怎么可能带你去我家？这是部队宿舍，你赶紧出去。"

"你的心真硬。听说我给你写的信，你一封都没看过。你想走，我让你走不了。"她猛地把衣服一扯，上半身光了，裤头一松，浑身赤裸，趁着吴志山目瞪口呆的瞬间，她喊出了那句改变吴志山后半生的话，"强——奸——啦！救命。"

狱信

瘸腿领导对着五花大绑的吴志山痛骂："你要复员，我同意了，要走就走啊，你走之前做出这种事？没喝两碗酒你就这样？吴志山，你这是找死，要枪毙你，我得毙了你……”吴志山浑身发抖：“我没有。我讲了很多回了，她钻到我宿舍里来，抱住我就叫。衣服是她自己脱的，我没有碰过她。你就算枪毙我，这事我没干就是没干。”瘸腿领导挥着手指：“你这事……她咬得死，你会被送往军事法庭的……”他发怒着，把桌子拍得腿都要断掉。吴志山说：“枪毙我没事，得还我清白。我是医务人员，别的事情我不懂，可我知道，有没有强奸，你找人来化验一下就一清二楚了。说我强奸她，没问题，拿出证据来我就认。不然毙了我，我也是这样说。”

瘸腿领导扇了吴志山几巴掌，吴志山不觉得痛，瘸腿领导倒先哭了。

没几天，吴志山就被塞进车里，押送往军事法庭。

在庭上，他一直提出要化验的请求，他说化验最科学。在法庭上，对于一切的指控，他一概不认。法庭认为：事情已经过去好几天，再次化验，也是没法得出精准的结论的，吴志山还是要主动承认错误，争取从轻发落。吴志山顿时失控，大吵大闹："我正是因为那女的纠缠，才主动要求复员回家。她到我宿舍来害我，你们倒说我犯罪，新中国还有没有天理？有没有法律？你们这是污蔑，你们枪毙我吧，枪毙我也不认罪。我被抓住的时候，就提出要化验，你们不及时化验，现在倒让我来承担这个罪责，我不服！我没有罪，杀了我，我也不认。"即使被捆绑着手，还被两个士兵按住，他还是挣脱了出来。他不管不顾，跳着向前，在一阵喝令声中，他把头朝前一撞——哐当一声，脑袋正中审判台。他没注意是不是撞翻了审判台，就昏眩了过去。

他的这一失控，给了军事法庭某些裁定的"证据"，他们认为：吴志山在严肃的军事法庭上也这么嚣张蛮干，难道当晚在宿舍里，对逼得他要复员的阿荣，他难道没有一点恨意？他在那种喝了一些米酒的昏沉状况下，对阿荣进行强奸难道不是完全可能的事？阿荣再主动，怎么可能自己脱光衣服呢？阿荣写的那些信那么露骨，吴志山就没有一点乱想？……最可恶的是，本来军民团结共建，因为发生了吴志山的这起强奸事件，当地水乳交融的军民情谊，顿时变成了水火不容。若不严肃处理，得怎么给部队、给地方群众一个交代？吴志山一头撞在审判台上，给自己撞出一个坐实的“强奸罪”，还附加了破坏军民团结、藐视军事法庭等其他罪状。

多罪并罚，被判有期徒刑十年。

送往劳改营之前，瘸腿领导来看了他。吴志山面对着墙壁，没有看他。瘸腿领导感到腿部隐隐作痛，他想，或许他曾有救下这位前日下属的机会，可此时，这个机会再也没有了。他望着吴志山：“有没有什么我可以帮得上你的？”吴志山扭头，死死盯着他：“我没罪，你害怕当地人闹事，所以你宁愿冤枉我。你害怕说我没罪，当地人闹事起来，你担负不起，所以你宁愿相信我有罪。你还来看我干吗？这不是如你所愿吗？我被关起来了，你为民申冤了，口碑好着呢，你来看我干吗？看我笑话吗？还是看我怎么死？”领导又感觉到了腿上的伤在刺痛，他想起那年，他随着小木船冲锋，那真是不怕死的年纪啊，多少战友血洒碧蓝幽深的琼州海峡，鲜血根本没法把海水染红。渡海之后，登岸冲锋时，自己被一个炸弹炸起来的石头碎片伤到了腿，当时流了不少血，幸好只是皮外伤。他像是喃喃自语：“我就是想看看，还能帮到你什么。”

吴志山深深吸气，平静了一下，说：“你帮我找找纸笔，我想给家里写封信。”

很快就取来了纸笔，吴志山把纸在自己的左膝盖铺平，拿笔的右手在抖，他尽量让自己镇定下来，他尽量让笔下的字写得工整一些：

爱珍吾妻：

按照原计划，我此时应该在博济村的家里。我提交了复员申请，原谅我没告知你就做了决定，以后你会知道我的苦心的。可是，现在一切都变了，可无论怎样，请你相信，我是清白的，我并没有……

吴志山痴愣地望着纸上的字，再也写不下去。他咬着笔头，右手一直颤抖。他左手猛地把纸一揉，变成一个纸团，他塞到嘴巴里，强行咽下，喉咙的凸起一直往下移动。他右手一甩，把笔丢出门外：

“他娘的，滚，别来脏我的眼睛。”

劳改的地方，不在海南岛上。吴志山被送过琼州海峡，前往广东中北部英德监狱关押。这是吴志山第一次出海南岛——他没想到是以这样的方式。他想起自己堂堂一个军人，却变成了让人不齿的强奸犯，就恨不得咬舌自尽。关押犯人的船横渡琼州海峡的时候，他吐得很厉害。他也找不到原因，他出过多年海，水性好得很，别说晕船，把他装麻袋里丢进海中央，他也能回到岸上。可是，这一次他真的把胆汁都呕出来了。一同被押送的人，被他吐出来的腥臭熏得挤到一块，都害怕他把心肝脾肺肾都吐出来。他一直吐到没有任何东西出来，只呕出在船舱里回荡的声音。他忽然想，来一场风暴吧，把这艘船打沉到海底，让自己不要再这么屈辱地活着。一想到阿荣，想到她那一封封的信，他又懊悔无比，想着当初怎么不顺水推舟把她给办了？或许推倒了她，让她得到某种隐秘的满足，自己反而不会落到这步田地。他没法想象，要是部队给家里写信通知了这事，妻子会如何崩溃、儿子会多么被人歧视？而因为他穿上军装而骄傲的村人，又会怎样往地上啧口水，恨自己瞎了双眼？年迈的父母，又会因此而陷入怎样的绝望呢？……各种妄念交织，在船的摇晃当中，击打他的心神，他几乎没有一秒钟是能够平静下来的，永远有一团火焚烧着他的脑袋。他恨不得变成一颗炸弹，轰的一声，灰飞烟灭。非但关押一起的人被他的模样吓到，连拿枪守着的人，也害怕他癫狂起来，拿头猛撞——他头部撞击审判台的伤口还在，绷带还绕在他的额头，他再撞，肯定得撞出白花花的脑髓。幸好吴志山心里各种杂念纠缠、一团恶战，哪里还想得起自己的头部还有一个不时渗血的伤疤。

渡海之后，还有着漫长的汽车路程。海上的眩晕还没醒转，吴志山又陷入晕车状态。他在车上睡去又醒来，精神高度紧张，甚至开始了胡言乱语，同车的其他犯人更是不敢靠近。护送犯人的，时不时停下车来，拿棍棒敲敲大卡车的后车厢，提醒其他犯人："你们看着他点，不要没到英德，就断气了。"吴志山后来根本没想起来这一趟旅程是怎么熬过去的，他醒来又昏睡过去，在幻象扑来时又醒来，这一趟颠簸，好像持续了有一个世纪那么漫长。英德监狱位于英德市，西边是一个硫铁矿，北为梅花岭，南边是一个茶场，听名字好像跟英国、德国有什么关系，可这里不过是一片晴天飞尘雨天溅泥的荒凉之地，1952 年，这里修建了监狱的劳改场，广东各地的犯人被押送到此地，参与劳动改造。吴志山被押送出海南岛，来到这个有了十二年历史的监狱。

牢狱生活开始之后，可就万事不由人了，每天有高音喇叭、棍棒和痛骂混合，所有的犯人被驱逐着，开始各种劳作。种茶叶、种水稻、养生猪等，每个人头上分配下来了一些固定任务，根本没有空闲时间让大脑闲下来想事情，大多数人一天的劳作之后，回到牢房，浑身都散架了，靠着墙，身子一滑，瘫睡过去。吴志山却不能不想，他心中的怨气没法消散，他觉得自己是被冤枉来到这里的，这里所有的一切，都不该让他一个正直的军人来承受。

没几天，不但同监舍的人知道了他被冤枉的过程，连监管人员也熟悉了，甚至会跟他开玩笑："老吴啊，看你样子，不像是做那种事的人，你怎么就管不住裤裆呢？"吴志山喊起来："我没强奸，这是冤假错案。我要上诉！"监管人员摊摊手："我也帮不了你什么啊。"同住一起的人起先也都劝他，说既然来了，那就认命，何必一直为难自己呢？吴志山把头往墙上一撞："关键是，我真的没有碰那个女的。我若真犯了事，我坦然接受，可……"他再次把头撞向墙壁——他的头部，好像永远有着伤口。监狱里的风、气味和闲言碎语顺着伤口往脑子里钻，从内部要撕裂他的头，可他不在乎，他一旦发作起来，逮到什么撞什么。这些狱友本也都不是省油的灯，在犯事之时都是心狠手辣的主儿，进来之后，互相争斗、欺压，也是厉害得很，可看到吴志山这个模样，他们都没有对他下狠手，只是摇摇头，暗想：可怜，可怜，这姓吴的天天这么撞，脑子估计得废掉。

监管人员也逐渐发现，在大多数事情上，吴志山都十分正常，无论多么劳累、繁重的工作，他都听从号令、冲锋在前，军人作风不改。监狱里劳动任务繁重，有些犯人撑不住，往往累垮、累病，引起恐慌，有人私下纠集起来，说这是把人当畜生使，眼看就要闹出大面积的争端来。吴志山找到监管人员，说他懂些医术，可让他看看，让那些伤病犯人尽快恢复过来。抱着试试看的态度，让他试了试，竟然效果明显，很多狱友很快就恢复了起来。不少狱友知道他懂些医术，生怕今后还用得着他，对他多了几分敬意。监管人员也不免在心里想：莫非这姓吴的真的是被冤枉进来的？

吴志山在想到父母与妻子儿子的时候，避免不了悲痛欲绝，拿头撞墙以自残的行为不时发生。监管人员不怕他把自己撞死，却怕他撞伤撞残了，就损失了一个那么好用的医务人员。其时，英德监狱在罪犯的管理教育方面，总结出了不少很好的经验，以减少犯人的越狱和非正常死亡。尤其是对那些特别顽固的危险分子，还发明出了“二夹一”和“三固定”等管理措施。“二夹一”指的是对被确认为顽固危险的罪犯，至少要有两个表现积极的犯人对其进行监视；“三固定”则是指对顽固分子实行固定睡觉床位、固定排队位置和出工收工次序、固定劳作区域。这本来应用在顽固分子身上的管理方式，被用到了吴志山身上，他随时被两个狱友盯着；至于固定劳作区域，管理人员发现了他的医术才能后，已不让他参与田间地头的劳动，而是专门帮助监狱里治疗伤病的犯人。

参与“二夹一”的狱友，有时也望着他头上永远不能愈合的伤疤，叹气道：“老吴，我信你是被冤枉的，越是这样，你越要保重啊，哪能这样对自己？听说你家里还有老婆小孩，他们都得等着你回去呢，十年，一眨眼的事，熬熬就过去了。世道乱得很，外头不一定比这牢里舒服呢……”听狱友提到家人，吴志山又陷入了痛苦，他不清楚自己家人到底知道了自己坐牢的事情没有。他不知道妻子儿子会面临着怎样的压力与非议。一这么想，他打定主意，一定要申请上诉，十年，熬过十年，天知道世界会变成什么样。他不再随意失控，跟监管人员配合得更好。

有一个监管人员在押着犯人外出劳动的时候，一个不慎摔断了腿，还是吴志山给他接上的骨头。一个多月后，监管人员休养好了，再见到吴志山，眼神都不一样了，他拍拍吴志山的肩膀："老吴，我相信你是好人。我相信你肯定是被冤枉的，不过你也知道，我这么一个人，没什么能力，又不是法官，也做不了什么。以后在牢里，有什么需要照应的，能帮的，我尽量帮你。”吴志山点点头："我想给自己写上诉书，还得劳烦您帮我找些纸笔，我信写好了，劳烦您帮我寄出去。”监管人员一拍手："这事我还是能做主的。”

吴志山开始了他漫长的上诉，大半年里，他不停写信，一级一级，从他原先所隶属的队部开始，一直不断向各级军事法院写信上诉，甚至写给了中国人民解放军最高军事法院。这些信，有些知道地址，有些地址并不详细，那个监管人员就帮他打听、填上、寄出，可这些前后寄出的三十多封信，全都石沉大海。那监管人员认字也不多，找人帮忙，念过其中一封信，了解了案情的前前后后，帮吴志山倒也是尽心尽力。可这么长期下来，没有任何回音，眼见着吴志山陷入了更大的绝望，他劝道：“老吴，我想，这信可以停一停。倒不是我不想帮你，只是，你信也写不少了，可这哪有什么回应啊，是不是方法不对？是不是还得走什么程序？这些事没搞懂，总是这样石头丢到大海里，也不是事吧。”

吴志山沉思了许久，说：“你再帮我寄一封，我给家里写封信。”

这封信是写给妻子陈爱珍的，他边写手边发抖：

爱珍妻：

看到这封信的时候，我已经在监狱里了。

部队肯定已经通知家里了。听到说我犯罪的消息，你别怀疑，不管你是否相信，我都是清白的。我被污蔑，说我犯了强奸罪，但我得告诉你，我没有做任何对不起人、对不起你的事。我本来准备复员回博济村，与你一起把我们的牛牛养大，这几年你一个人带着，太辛苦了。可惜我遭此冤狱，不知何年何月方才得见天日，此次去信，就是希望你，千万千万不要再等我了，赶紧趁着年轻，找个更好的人过日子。牛牛你带走就是，他跟着你，我放心，爸妈年纪大了，怕照看不周。千万不要等我出来了。你给爸妈转达一下消息，我就不给他们专门写信了。

也勿回信了，监狱里万事不便。

夫：志山

1965.2.3

这封信寄出后，吴志山心如死灰，彻底断了一切念头。他觉得，自己是彻底被这个世界抛弃了，所有的一切，都不再与他有关。帮他把信寄出的那监管人员，前前后后跟吴志山确认了好几回地址：广东省海南行政公署某某县博济村。把信件装进信封之前，他还是忍不住偷偷把这封信看了，这信看得他也止不住擦眼泪。他算是彻底相信了吴志山是背负着冤屈难申的罪名，唯一能做的，便是暗想，今后对他多有照应，一旦有什么评选优秀、争取减刑的机会，就帮他争取争取。把信寄出的时候，他也想不出，吴志山的妻子和父母看到这封信后，会是一个什么样的场景，想着想着，他的眼圈又红了一圈。

参与对吴志山“二夹一”的一个狱友，此前也是海南岛某部的一个参谋，回乡碰到一场家族的争斗，他冲锋在前，误伤了人命，给逮了进来。他对自己的罪行直认不讳，他说:“老吴，我们军人，做了就是做了，你不能老是不认嘛。”见吴志山不理他，他又说 :“听说你还给部长写信了？人家什么人，你什么人？人家看你的信？有空理你这些破事？别说信看不到，真看到了，一气起来，毙了你。”吴志山闭上眼睛 :“毙就毙吧。早点枪毙也好。我早就死了。”吴志山闭上眼睛，缩回自己的世界。此后，吴志山变得沉默寡言，不到万不得已，永远一言不发。狱友很快给他取了个绰号叫“哑山”。他也不再有任何的情绪失控，他原先随时撞击墙壁的头，不会再出现新的伤痕，旧伤疤也在一日一日的时光流逝里，在他的头上变得若有若无。

他后来的唯一一次情绪失控，是在给妻子写信两年以后的 1967 年。他接过监管人员递过来的那封信的时候，手是颤抖的。这是两年多以来，他唯一一次接收到监狱之外的信息，那是一封从老家博济村寄出的信。他默默地把信看完，没人能描述出他脸上的表情，他整整齐齐地把信叠好，塞进信封，放在自己的床头，开始了漫长的一场痛哭。这场痛哭持续了整整一夜，无论狱友还是监管人员如何劝说、警告、威胁、捆绑，甚至要往他嘴巴里塞布团，他都没能抑制。他最后是在哭声中昏眩过去的，监狱里开始抢救他。监管人员为了知道他昏眩过去的原因，把他折叠好的那封信抽出来看了。看信的人也开始眼圈发红，缓缓把信叠好，放回原位。

那封信是这样写的：

志山儿：

本来这封信是不该给你写的，但爱珍一直说，要把事情告知你。你别怪她，她是要改嫁了，正如你之前来信中说的。但你别怪她。收到你的信以后，我们全家人都相信你是清白的，我们坚信有一天你肯定能重见天日。我们本来早就要给你写信，但爱珍说，没必要，回信了，反而让你在牢里多想，还不如装作什么都不知道，就像一切都没发生。爱珍一直跟我们说，她一定会等你出来，我们知道这样的日子实在是苦，也帮着劝她改嫁。她铁定了心，说她一定会等到你出来，她一定要把我们的孙子牛牛养大。

可是苍天无眼，祸不单行。

你在牢里，不知道外面世界变了天，去年以来，都在轰轰烈烈闹“文化大革命”呢。有人拿你犯案的事为由，说我们是强奸犯的家属，也该批斗，整天把我和你母亲揪出来斗。你母亲身子弱，哪撑得住，没多久就坏了一条腿。又开始把爱珍揪出来，在台上打得披头散发的，那叫一个惨。可爱珍永不松口，她一直说你是清白的。我们大人还好，身体上痛了伤了，忍得住，最可怜的是你儿子牛牛。那些批斗人的，天天围着牛牛喊：“你爸是坏人，你爸强奸犯。”牛牛一个几岁小孩，哪经得起这样的嘲笑啊，天天回家问爱珍：“为什么都说爸爸是坏人？”爱珍流着眼泪，解释也解释不清楚。牛牛看到那些人就躲，可也有躲不掉的时候啊。那天牛牛就是躲避不掉，才没的。牛牛捂着耳朵狂奔，不想听他们的话，他根本没看到地上有石头，根本没看到石头不远处，就是我们村西口那口井。他脚下绊倒，飞出去，摔到那口井里。

捞上之后，已经断了气。

牛牛的死，要了爱珍半条命，也要了你母亲半条命，我现在一想到，也是恨不得去死，为什么死的不是我们这些老的？

你也别怪爱珍，牛牛死后，那些人还是把她揪出来斗，说她还没跟你结束婚姻关系，她就是罪人，天天拉她来斗。我们也劝她早点改嫁。她也是实在撑不住了，带着结婚证跟你写的那封信，总算是找到有关部门，把跟你的婚姻关系解除了。她还照顾了我和你母亲大半年，后来实在是一想到牛牛就伤心，她才回到娘家去了。不久前，她从娘家过来，让我们务必要写封信告诉你，说她找了个老实人过日子了。她说她不想找的，她还想等你出来，可她父母那边天天骂她，要把她赶出去，说她不吉利、衰，败坏了门风什么的。她无处可去，才找了个人的，你得谅解她。

你母亲坏了一条腿，可她心气硬得很，她说她一定要等到你出来，不然死不瞑目。志山我儿，不管遇到什么，你也得熬过来。我这是悄悄到邻村亚旺处，让他代写这封信，你当兵期间回来，给他治过病，心里感激着你，我找他写这封信，信得过他。但你千万千万别回信了，外头“文化大革命”闹得正疯，一回信，保不准又有借口，把你爸你妈再次揪出来，斗到死。也不知道你能不能看到这封信，若能看到，请记住，一定要熬过来。

父：吴恩良

1967.4.5

这封信抵达吴志山手中的时候，已经是两个多月后的六月底了。这封信经过船与车的奔波，摇摇晃晃，在好些个角落里被放置，又被拿起，它摇摇晃晃，载着这个沉重的消息，让整个牢房，都被吴志山绵延不绝的哭声淹没。而这，也是英德监狱所有人，最后一次见到吴志山脸上的表情，在此之后，他好像变成了石雕，没有欢笑，更无愁容。之后的数年里，吴志山无疑是英德监狱里表现最好的一个人，他从不闹任何不愉快，干活不知疲倦，遵守一切规则，他变成了监管人员眼中的模范犯人。他们内心深处，怀着某些对他的歉意——他们明明知道眼前这个人因为一个莫须有的罪名，遭受了人间苦痛，却没法改变这一切。有一些积极表现的机会，是可以让吴志山减刑的，可外面的世界都天翻地覆，人人都忙着搞革命，忙着改天换地，忙着与各种斗其乐无穷，哪还有人记得一些表现优秀的“犯人”应该获得减刑这类鸡毛蒜皮的事?

吴志山把完整的十年蹲了下来。

归乡

十年的时光，吴志山一无所有。本来他还拥有父亲叫人写来的那封信，可信的内容确实太过惨痛，一见到就心如刀绞，终于有一次，他忍不住把信给撕毁了。撕毁后，又不甘心丢掉，把信直接吞进了肚子，父母、臀部浑圆的妻子、嘻嘻笑的儿子……好像全都装进了他的肚腹之中。出狱前，刮了脸、理了头，干干净净洗了个澡，有监管人员还给他送了一套颇为干净的衣服，他算是有个人样了。可他脸上、他眼里的一切，都说明，他不再是十年前那个穿着军装、腰板挺拔的人了。他记不清车与船是不是仍旧走着十年前的同一条路，他原本以为自己出狱的时候，会有着某种抑制不住的欢喜，当这一天到来，他最先想到的，却是自己的一无所有。妻子没了，儿子……那种记忆中的绞痛再次袭来。汽车往南边奔驰，船往南开，渡过琼州海峡时，那种晕船感又来了。但他没有呕吐，此时的他，觉得博济村并没有什么东西值得他期待，所有的一切，全毁了。他唯一的希望，就是回到博济村后，能在父母身边尽孝。

很多路全不认识了，靠近博济村，他竟然忘记了，自己家到底在村子的哪一边。他心里想着家的位置，却走着走着，到了村的西口边——他是想去看看那口井。井仍然还在，可却已经荒废了，长满了各种杂草。记忆当中那个时常围满了人，咕噜咕噜打上清凉香甜之水的井，淹没在了荒芜当中。是因为当年牛牛淹死之后，这口井便废掉了吗？是不是村人怕不吉利，重新掘开了另一口井？吴志山呆呆地望着，像是看到了当年儿子绊倒、身体朝井里飞过去的一幕。他忍不住伸出手，要接住儿子八年前在一群人残酷的嘲笑和讥讽当中的一摔。他蹲低，摸了摸井边的石头，到底是哪一块绊倒的儿子呢？石块还在吗？他想捡起其中的一块，发现石头有一半埋在土中，他用手指慢慢把土刨开，指甲有些撕裂、流血，他也不觉得痛。用力一拉，石块终于出来了。他抱着石块，走到井沿边上，一松手，传来了“扑通”的声音，里头还有水，声音很闷。可以看到井壁也长了一些草，多年不用的这口井，变得更加幽深而阴暗。

离开水井，他迎面看到了一个老人，拄着一根拐杖，腰弯得几乎要贴着地面。在吴志山的印象中，好像他十多年前就是这么苍老了，而他竟然还活着，竟然好像跟十年前毫无变化。说起来，他还是村里一位同族的人。吴志山嘴巴都张开了，却瞬间忘了他叫什么，他愣了一会儿，问：“阿公，吴……恩良家，怎么走？”久未讲话，好像连话都讲不顺溜了。老人抬头望了一眼吴志山，又低下去了，他抬头太困难了，他没认出吴志山来。吴志山却在他抬头的一瞬,想起了他的称呼。他说:“你……是来奔丧的？来晚了，来晚了……”

“五江爹，是我，我是志山，我回来了。”

这话一出，五江爹浑身发抖，他奋力抬头，辨认了好一会儿，掌心的拐杖也握不住了，身子抖得太厉害，往后一翻，就要摔倒。吴志山赶忙伸手扶住，让五江爹坐在一个石墩上。五江爹抹抹眼睛：“监狱知道你爸妈的事，放你回来处理了？”吴志山说：“我蹲完了，出来了。整整十年了……五江爹，你说我爸妈的事，到底什么事？”五江爹眼睛一直，嘴唇颤抖着：“你还不知道？”吴志山说：“我刚回到这，村里变化大，十年没回了，我都有点找不到家门口了。哪知道什么事。”五江爹又是一直在抹揉眼睛。吴志山心中冒出一股寒气，他好像感觉到了什么。五江爹挣扎着站起来，在前面带路。

越走吴志山心中越发毛，因为五江爹不是朝村里走，而是越走越荒凉。五江爹把吴志山带到了博济村的坟地。

五江爹越走越镇定，轮到吴志山浑身发抖。并非清明节，没人清除荒草，他们得从比人还高的茅草中间穿过去。目的地在西北角，那里有一块刚刚清理过的新地，堆积起来的土块连水汽都没挥发完。吴志山脑袋炸开，当年撞墙的伤口好像忽然裂开，海风猛烈地灌进去，在里面搅拌，把脑袋清空——他看到的不是一座坟，是两座。两座坟前都没有墓碑，连木板都没插一块。五江爹弯到几乎跟地面平行的上半身，用力挺了挺，他把拐杖伸出，指着左边：“这是你爸。”指着右边：“这是你妈。”

吴志山跪趴地上。

五江爹发出海风般的呼啸：“你妈这些年啊，全靠你爸照看。你也是命歹，要早几天回来，还能见到他们一面。你妈，七天前过世了，你爸操办着，忙了三天，刚把你妈妈葬下。第二天，你爸也睡过去了。你爸是觉得你妈一个人走，不放心，跟她去了啊。你爸爸这墓，是我们族里人出力，给埋下的。”

心如死灰的吴志山想结束自己生命的，试了好几回，没有跨出那一步的决绝勇气。他想了许久，觉得自己可能还得去见见陈爱珍一面才甘心。打听了十几天，才算是有了陈爱珍的下落，这几年到处兵荒马乱的，陈爱珍也几乎没回过博济村。吴志山跨过另一个镇，偷偷找到了陈爱珍再嫁的那家人。此时的他，已经成为了一名“乞丐”，他故意让胡子长满了脸庞，还专门用尘土擦到了脸上。他相信，即使陈爱珍正面瞧他，也没法把他辨认出来。他在十余天里，数次经过陈爱珍家，想看看陈爱珍过得怎么样。他见到了陈爱珍跟那个木讷的男人，他们有时一天也不说话，有时则会吵起来——像所有普通的夫妻一样。那木讷男人讲话慢，吵起来吵不过陈爱珍，便会挥起拳头要打。陈爱珍挺上去，喊："打啊，你打啊，打，往这里打……你打我一拳，我就跟村口那乞丐走了你信不信？”吴志山远远望着，想起当年自己跟她躺在床上，说着“耕田”的暗语，恍如隔世。

那男人的手一直挥着，没有打下去。吴志山甚至在内心里计划过，要怎么暴打一顿那个男人。他的计划并未实施。木讷男人还走出院门，给吴志山端来过一碗饭："我老婆让给你吃的。这世道，闹腾那么多年了，你斗我、我斗你，活着，难啊。能塞肚子就行了，你别嫌难吃。”吴志山端着那只碗，手在发抖，木讷男人哪里清楚眼前这位乞丐内心的百感交集。木讷男人等着吴志山吃完，好把碗拿回去，这个木讷之人，好像在乞丐面前，就变得话多了起来，有一搭没一搭地说着。其间，陈爱珍还走了过来，瞪了瞪木讷男人，还正面看了看吴志山，没说啥，又回院子里了。

吃完那碗咸鱼稀饭后，吴志山这个“乞丐”再未出现过。

吴志山回到博济村，让五江爹带他去看看儿子牛牛的墓。五江爹问了村里好些人，又带着吴志山转了好久，也没能在几个荒废的坟墓之间，确定哪一个是牛牛。吴志山只好把几个墓全都扫了。五江爹摇摇头，走了。

吴志山想着哪里才是结束生命最好的地方？他想到了儿子死去的那口井。扫完墓，他狂奔过去，毫不犹豫一头扎了进去。

可他最后也没死掉。

倒并非是有人及时救了他，而是他每次在水井当中快要窒息过去的时候，水的浮力总像一只有力的手，把他往上托。

他奋力了好几回，也没能让自己死去。

他顺着井沿的草，攀爬了上来。坐在井沿上，风吹来，他浑身被针扎一般，冷入骨髓。他木然地往海边走。巨大的落日，正在海面上摆下辉煌的盛宴。他一直望到海面渐黑，望着被村人称为“鬼岛”的那一抹绿色，陷入了无边的深黑。在那个夜里，他想起了无数跟鬼岛有关的传言，他听说岛上枯骨太多，晚上鬼火飘荡——那是一座非人间的所在。

在无边的深黑之中，他心有所动。

第三章

祭海

“后来怎么样了？”吴志山的话停下来之后，我忍不住问。不得不说，他讲的时候，有些话颠三倒四，甚至有些呆滞——可能因为他这些年都是对着海、对着树、对着风、对着鱼……跟人讲话太少了，碰到我拿酒撬开了他的口舌，他才前言不搭后语地讲出了埋在肚腹之中半个世纪的旧事。

他讲得太过跳跃，讲得太过零碎、杂乱、含糊，很多事情，我得靠自己的想象、组合、重新梳理，才能略微搞清楚到底发生了什么——我有时怀疑，有的地方他根本没讲过，而是我臆想出来的。讲到从监狱返乡，他再也没有耐心继续讲述了，哗啦啦……像倒掉一桶水，瞬间清空。我原以为，是不是出狱之后，没多少事情发生，导致他直接跳过。后来我则有了新的猜想：可能一回博济村便遇到父母双亡，连最后一面也没见上，痛苦击垮了他讲下去的勇气，他需要快速地结束这一切，把自己埋进那个故事的荒岛。

对于我，这位老者的故事，才刚刚开始；而他，却再无开口的意思了。

我忍不住又问了一遍：“后来，怎么样了？”

吴志山仍旧没有回话，我侧身，看到他被一个沙坑遮盖住了。他裹着一床破被子，一动不动，更像一具尸体而不是活人。他睡着了吗？黑蓝色的夜幕里，风像梳子一般，打理着木麻黄的枝叶。我却没法入睡——即使他把“床”让给了我。这宽阔的天地，这甚至不愿意停歇一秒钟的海风，都不是我能抵挡得住的。我自诩为一个浪子，随处闲荡，可我远远不及眼前这位老人，他失去一切，甚至想抛掉自己的命——他才是一个不管不顾的浪子。吴志山还没讲到上岛，便封堵了那个故事的后路，我想，只能再找一个机会让他开口了。我起身，离开木板“床”，沿着沙地往西，走到沙滩边上。我看了看手机屏幕，此时是凌晨两点多，我还得熬两三个小时才能天亮。

所有的困意全被打跑了，这海太过喧闹。

天亮之后，我根本没等到早上十点钟，趁着手机还有一点残余电量，我给阿朋打了电话，让他尽快来接我。我想跟吴志山告别再走，可他不知何时已经带着渔网下海去了。我随阿朋离开小岛，回到岸上：“我下午还要再上一次岛，你到时送我。”阿朋以怪异的眼光瞪着我，点点头。我驱车到了县城，找了间小旅馆，把手机插上充电，洗了个爽快的凉水澡，开始到超市里买东西。我买了白酒、饼干、糖果等东西，装了满满两大袋，还问了县城好多小店铺，买到了一顶帐篷和一条睡袋。

退房，我回到博济村，让阿朋送我上岛。

到了吴志山的老巢，已经是下午。他见到我，直接摇手：

“又来了？回去吧，回去吧。”我还没说话，他已经看穿我的心思：“那些事，不讲了，不讲了，你回去。这不是你待的地方，别来打扰我了。”此时的他意志坚决，让我觉得自己背着睡袋和帐篷的姿势有些可笑。他不再理我，对我有了防备，看来今晚要打开他的嘴巴，是不可能的了。我把满满的两大袋东西，放在吴志山的床铺下，他一眼也不看。我摇摇头，拨打电话，喊回阿朋。阿朋回博济村的船刚走了一半，又得折返小岛，他满脸怨气。

登上阿朋的小船时，我又看到了岛上那几口巨大的鱼塘，石块垒积，落日之下，还是盛大如半截长城。我忍不住问阿朋：“这几口鱼塘，你们村的人修来养鱼的吗？”阿朋笑了：“谁在这养鱼啊？我们渔村的人，都出海捕捞呢。那些石头，鬼知道谁堆的，我十几年前来过这个岛，上面的鱼塘就这样了。”上岸之后，我叮嘱阿朋千万要存好我的手机号码，让他有事没事，帮我留意一下吴志山，若是听说他有些什么事，立即打电话给我。我没告诉他，我仍旧对吴志山戛然而止的故事很不甘心，我很想听到那个心如死灰的人，如何在这座孤岛上，度过那么多年的光阴？阿朋说："你是不是也在岛上见鬼了？"我笑了："鬼没见到，见到鬼火了。"阿朋说："怪不得……看来这岛，确实怪……好，有什么消息，到时我告诉你。下次要来，我把船给你，你自己过来。"

我重新驱车上路，沿着海南岛西海岸，一路向南。我从未如此近距离地看过海南岛，但当我看得越多的时候，我越来越觉得有些寂寥与虚无，好像这个世界跟我断绝了所有关系似的。我把行程变得那么慢，我感觉前面好像已经没有什么事情在等着我了。当我抵达海南岛最南端的时候，离我出行已经过了快半个月，本来两三个小时可以抵达的路程，被我跑了这么久。我进入三亚这个海南岛最热闹的城市的时候，接到伯父的电话，他问："你在哪？"我说："三亚。"他问："是亚龙湾吗？"我说："不是。"他那边安静了许久，说："海涯村明天要祭海，你是不是要回来？"我一踩油门，两个多小时后，我又出现在海南岛最北端的省城。

第二天，伯父已经先于我回到了海涯村。

海涯村已经不是我所记得的那个模样了——也不是所有人记得的那个模样了。村人陆续签署拆迁协议之后，这里全部被推倒了。据说还是有两三户钉子户的，他们坚守到了最后，买来五星红旗挂在屋顶以壮声势。他们还拿来扩音器，准备高声播放国歌，却在断电之后，难以实施，只好时不时站到墙角，大声清唱。但他们都没能维持多久，周围被推倒的房子一片废墟，即使人家真的不拆他们房子，他们处于缺水断电、四面楚歌的状态里，日子也难以过下去。还有人试图朝挖掘机冲过去，挖掘机根本没有要停下来的意思，他却自己先退了。人一退，斗志已经松懈，败局已定。本来相约一起战到最后的他们，相视苦笑，前后错开，分别去把协议签了。拆迁队势如破竹，海涯村风卷残云。再回到海涯村时，已经没有人能在那些废墟中，确证无疑地找到自己的家了。

家都没了，这海还需要祭吗？

伯父致电问了村里几个父老，他们都毫不犹豫地说："当然要。"于是，便各自约人，按照往年祭海的时间，举行仪式。那么多小车、摩托车、大卡车回到海涯村，那么多人同时出现在海涯村仅存的遗迹——村庙的时候，拆迁队的人吓得赶紧停工，跑出几百米，掏出手机就拨打。没多久，村里过来了很多穿着制服的人。村里的年轻人吹着口哨喊："规格很高啊，我们祭个海、拜个公还来那么多人维持秩序，真给面子，一会儿给你们吃块油光光的鸡屁股？"那些穿制服的，发觉来错了，也不好意思一下子撤退，扭头去训斥那些拆迁队胡乱打电话、胡乱报警情。村人都从各自的小车上，取下备好的祭品。今年跟往年不同，每家人都拿到了一笔赔偿款，新家还没安置好，各种新款的小车却已经抢着买，以至于到了最后，省城有些4S店还专门摆出"海涯村定点服务柜台"。车新了，手机新了，衣服皮鞋更不用讲，只差没能把皮也剥了换一张。

往年，每到村里的渔船出海，村人总要备好祭品，在村庙和沙滩上祭拜，祈求出海平安。村庙里祭拜的是神，沙滩上祭拜的是那些死在风浪里的亡魂。今年，拿到赔偿款之后，村人便四散，到各地购房或买地建房，村里的渔船也没法再弄了，就算有船长仍旧愿意出海，也找不到船员了——拿到赔偿款的人，不愿那么辛苦当船员了。这一次，各家买回的祭品更多了，基本上家家都备了整只烧猪，纸钱装满纸箱，鞭炮更是一箱箱抬下来，还有人抬着纸糊的别墅、苹果手机、平板电脑。跟往年一样，伯父仍旧是这一次祭海仪式的主持人。伯父拿着一个扩音器："十点钟准时开始。"每家每户都把烤乳猪往庙里抬，摆放到供桌上。供桌摆放不下，就摆在地下，甚至摆到了庙门之外。

伯父高喊："时间到。子孙列队。"所有人按辈分站好，随着伯父的指挥，拜了三拜。有些人挤不到前面去，就在庙门外拜。由于拆迁，今年回来祭海的人反而更多了，很多人都想着念着这搞不好就是最后一次了，以后渔村的人都四散了，平时估计连见面都难了，哪还有这种机会？村人越聚越多，队伍排到海边，后面的人听不到扩音器在喊什么，只好见到前面的人鞠躬就跟着鞠躬。鞠躬之后，是一位最年长的人，念着一篇祭文，我和其他人被挡在庙门之外，听不到在念什么。只看到又是鞠躬又是点头，接着噼里啪啦，燃放鞭炮。

炸完鞭炮，各家人便从庙里散开，各自找到一片沙滩，开始朝着大海烧香、点烛、燃纸钱、放鞭炮。到处浓烟滚滚，配合上被拆成这样的村子，真是犹如一场恶战刚停，还没来得及清扫战场。那些制服也搞得很紧张，怕有人真的脑子发热，带头往前冲什么的，往远远的地方退去，后来干脆驱车离开。有在海上死了人的，家里人拜着拜着，哭出声来。哭声会传染，不少人扭头看着废墟一片的海涯村，悲从中来，哭号不止。哭着哭着，便陆陆续续去寻找原来自己家的位置，在那里也祭拜一番。挖掘机在清理着工地，见到那么多人进来，便暂时停工了。地面全被砖石遮盖，连成一片，认不出谁家和谁家了，也就是走个过场，随便找块地方，把供品放下来，拜一拜，求个心理安慰而已。

伯母心软，她念叨着二堂哥，念叨着不复存在的院子，眼圈都肿了。我只好扶着她，跟在伯父的后面。伯父忽然停下:“这是我们家。”我说:“伯父，怎么认出来的？”他说:“那不是我们家的椰子树嘛。”已经没有椰子树了，只有半截折断的树干。伯父在那里坐了好一会儿，苦笑道:“想不到，我经历了两个村子的消失。年轻时经历了一次，到这个年纪了，还得经历一次。”在这一瞬间，我看到年过八十却从不认输的伯父，流露出了他的苍老。

伯父比伯母大十几岁，他在外头浪荡很久，四十余岁的时候重返海涯村，才跟伯母结的婚。伯父很少说过他年轻时候的事，我们此前听伯母说过一些，但也断断续续，并不完整，生于1934年的伯父，在十岁出头，就开始各种赌博，到了他十几岁的时候，已经是远近闻名的赌徒了。我的祖父自然不愿家里出了这么一个人，时常是抓到什么就拿什么往他身上招呼。有一回大输之后，伯父开始手脚不干净，竟然偷了别人家的东西。祖父直接把他捆绑到海涯村的木麻黄林中，用绳子把他吊到一根树干上，并声称，不能让任何人把他放下来。祖父准备把他吊一夜让他反省，次日就算不打死他，也得把他的手指给剁下来。事情的转机，当然在祖母身上，她知道祖父这一回是真正气昏了，家里不但出了赌徒，现在连盗贼也有了，暴怒的祖父哪会眼睁睁看着自己儿子一步步败坏全家人的声誉？祖母趁着后半夜祖父沉睡的时候，悄悄拿着菜刀到林子里，把绳子砍断了，让伯父有多远跑多远，能不回来就不回来了。她还塞了些吃的到伯父怀里。伯父趁着淡淡的月色狂奔，跑了许久，心想腿脚跑太累，干脆偷偷进入另一个渔村，到海边行了他最后一单偷窃。他偷了一条小小渔船，划出海面，沿着海南岛西海岸漂流，先往西，继而往南，跟我多年后开着车环岛的路线差不多，只不过，他是在海上。祖母塞给他的东西，实在饿得不行的时候，他才吃一点。小船上的水桶里，原先就装着淡水，足够他的饮用，他也忘了在海上漂了几天，反正他远远地望着海岸线，看到岸边的临高新盈港、儋州白马井港、东方四更港……一个一个港口，被抛弃在身后，可他不让海岸线离开自己的视野范围。他是在终于把食物吃完的时候，才不得不上岸的。其时正是夜里，月光洒满了海面，他把船划到岸边，重新踩上海南岛的土地。船刚停好的瞬间，他被眼前的场景所震慑。那片沙滩洁白如面粉，在月光的照耀之下，闪烁耀眼的光芒，这一带沙滩，如此洁白，如此清澈，好像从未有人的足迹踩过。后来，伯父才知道，这地方叫牙龙湾，也就是多年后变成了海南岛上著名旅游景区的亚龙湾。但当时，牙龙湾周边还没有任何村子与人的足迹。伯父就在那里安下身来，打探到周边的其他渔村的情况之后，他干了点杂工，换来一张渔网。在那人少而海里的鱼虾很多的年代，他开始了一个人的出海。他划着小船带着渔网出海,每次收获都不小。有时夜里,一网鱼虾摆到沙滩上,月光之下,有些鱼虾是透明的,那场景犹如幻境。他在海边搭了竹棚,自己住着,牙龙湾的至美,只属于他一个人。安顿下来之后,他慢慢也打听到了此地处于海南岛最南端,而海涯村在海南岛的最北。或许是因为对祖父的怨恨,他在很长时间内,都没有再回海涯村,而是和祖父南北相隔。他返回海涯村时,已经是五年之后,当他拎着大包小包的货物回到家的时候,这些包裹被祖父往外扔了。伯父冷冷地说:“这都是我赚来的。我没偷。”祖父说:“你会不偷?”伯父说:“这一次,我不是回来跟你斗气的,我来拉人的。”祖父听不懂“拉人”是什么意思。祖母看到自己儿子回来,他也变得人模人样的了,兴奋不已,赶紧圆场,把东西都捡回来。可能是出于对祖父当年吊打他的不满,伯父无视祖母的挽留,毫无留在海涯村的意思。伯父果然是回海涯村拉人的,他去游说村里的年轻人,向他们描述了牙龙湾的美景与捕捞的容易,没有多少人相信他的话,甚至有人传言,说这家伙失踪几年,回来就变得这么阔气,莫非在干什么见不得人的勾当?他这么来招呼人，不会是要把人卖到东南亚去当劳力吧？伯父最后只挖到了当初一起赌博的几个人一同前往。一两年后，那些人跟着伯父再次回到海涯村拉人。伯父还立下誓言：“你们跟着我到那边，在你们都把日子过好之前，我誓不成婚。”这话是够霸气了，却也把祖母惊出一身冷汗。在之后的二十年里，伯父中间陆陆续续回到渔村拉人，终于把牙龙湾变成了一个小村子，而且这村子基本上全是海涯村来的年轻人，他们组成船队，出海捕捞，收获颇丰，尤其月夜之时，鱼虾在洁白的沙滩上蹦跳，更是让人满心欢喜。当然也有过悲伤的时候，出海遇到风浪，有人没能回到岸上，让村子陷入巨大的悲伤。渔村总是和海难联系在一起的，伯父决定在村里修一间庙，征求意见的时候，那些年轻人都表示赞同。出资出力，把保护渔家平安的妈祖、伏波将军、一百零八兄弟公都摆放其中，甚至还派人回海涯村跟父老商量，请了村里一些先祖的牌位过去。那些跟着伯父过去的人，后来都陆陆续续成婚，唯有伯父，赌气一般，还是孤家寡人。最繁华的时候，村子一共有五十多户人家。但这个日渐膨胀的村子，在存活了二十余年之后的 1974 年左右消亡了。由于村子的壮大，旁边一些渔村觉得这群岛北的人，抢了他们的生存空间，时常闹事。旁边山上还有一些居民，看到渔村生活挺好，心里难免有些不平，与渔村的摩擦不断升级。其间还发生过数次大规模的械斗。不断升级的矛盾，让当地政府也很头大，后来为了斩草除根，便以无论新中国成立之前还是新中国成立之后，这个村子都从没被列入建制，不能算是一个“正式”的村子为由，给予遣散。那是伯父第一次见证到一个村子的消亡——尤其是这个村子还是他一手创建起来的。伯父眼睁睁看着它的消亡，心灰意冷。被遣散的人，有的融入到附近村镇，有的则重返海涯村。伯父是最后一个离开的，他放火烧掉了自住的那间房子——那是村子的第一栋房子，但墙体早已从原先的竹棚换成了后来的砖块与黄泥。他还想着把那间众人一同出力修起来的小庙也处理掉，终究下不去手。他还想驾着小船，以当初来到牙龙湾的方式，从海上漂回海涯村，却尝试了一小段路便弃船登岸，疲累不堪地从陆路返回。后来伯父还曾私下去过牙龙湾，当时那小庙已经被摧毁得差不多了；再后来，伯父不愿再去牙龙湾所属的三亚市。伯父在四十岁的时候回到海涯村，仍旧是孑然一身。经历过大喜大悲的伯父，很快地振作起来，最后弄了艘稍微大些的渔船，他担任船长，一些随着他去过牙龙湾又回到海涯村的人到了他船上当船员。祖父、祖母一直对他的婚事很担心，可他不理会，直到他返回海涯村一年后，祖父抱憾过世。祖母劝他说："你气你爸，不想听他的指派，难道你也要让我跟你爸一样，死了也没看到你结婚？"伯父说："放心，我一个月内把这事了了。"果然，他一个月内娶了伯母。1988 年，海南建省，伯父五十多岁，他重燃斗志，放弃渔船的捕捞，加入了特区建设初期热火朝天的状态，以他的手腕，倒也赚了不少钱。20 世纪 90 年代中期，海南房地产泡沫破灭之后，遍地烂尾楼，原本天价的房子变成了烂白菜，大堂哥也在此时被卷入案子，失踪了。伯父也在这场破灭的泡沫中损失惨重，不过他还是以手头的一些剩余，抄底买了几套房。在海涯村人看来，伯父算是经历过大事的一个能人了。

我有时也想，伯父经历了他一手建起来的那个村子的湮灭，所以当海涯村也遇到这种情况的时候，他也痛苦，却比更多人要懂得审时度势。我有时会忍不住跟二堂哥一样，怀疑伯父所谓的木圣杯定去留，不过是赌徒出身的他的一次赌博。我甚至怀疑他有能力把木圣杯按照自己的心意抛出来，前面阳、阴两卦，不过是他必胜的把戏。至于第三次由阿炳抛出的“圣”，是伯父算好了，一阴一阳（也就是圣）的可能性，比双阴、双阳的可能性要大，无论谁来抛，在概率上首先就赢了，可以赌一把。当然，也有可能伯父早就跟阿炳合计过，阿炳可能也是一个可以随心所欲想啥抛啥的人……不过，这些胡乱冒上来的想法，我从来不敢跟伯父求证，更害怕别人听了去，使得伯父变成村人眼中的叛徒、走狗。

我并没有把伯父看成叛徒走狗，恰恰相反，我看到了他身上的某些慈悲。他不愿村人和拆迁队正面对抗——毕竟，此前已经因为拆迁，死了三个人了。可能伯父认为，即使他也算是有点威望，可面对这么大的事情，仍旧还得借助神明之口，才能让人心服口服，所以才有了那场……但，谁知道呢，或许这些只是我的无端妄想，可能伯父真的是把选择权给了伏波将军，真的是伏波将军暗中裁决了这一切。

被毁掉的老家里的祭拜，伯父只是看着伯母摆弄，他直愣愣地看着那截折断的椰子木，一言不发。

他更老了一些。

创世

伯父新买的地，在一个镇里，周围有两个山坡，更像是在一个村子里——他还是不愿意住在整齐划一的楼房里。这个镇邻近省城，属火山喷发后的火山岩遍地的地方，不适宜种庄稼，却遍布茂盛的藤类植物，遮天蔽日。伯父带着我去看那块地的时候，指手画脚，构思着这里怎么建，那里又怎么围。他说："这是我这辈子最后一次出手了，成也行，不成也行，我翻过八十的人了，没几年饭可以吃了。"在他的计划里，这里除了房子，也将留下一片极大的院子，种些花草、晒些鱼，闲时喝喝茶。他指着旁边一株巨大的树，那是琼崖海棠，这树在他买来的地界里，属于他的了。这棵树枝叶茂盛，气息浓郁。

伯父永远是这么满怀创世之心，他好像不到另外一个地方去变成一个一世祖，便永远不甘心。伯父绕着这块地转了好几圈，像在清点他的存款。很多年前，伯父从那条小船登岸，看到月光落满洁白细腻的沙子之上的时候，他是不是也曾绕着沙滩不远处的林子里转悠，构思着怎么把那处无人来过的地方，变成一个热闹沸腾的村子？伯父这一次买的地离海很远，是不是有意躲避？他的内心里，会不会认为，当年在亚龙湾那一次月光与沙子共谋所发出的光，才最能拨动他内心深处的弦？

住到省城内，伯母变得愈加不开心，她整日对着房间发呆，恨不得把桌椅床柜全都移一下位置，再移回来。小区里也没几个熟悉的人，她更是感到度日如年。伯父让她每晚到小区门口，跟着别的妇女一起扭广场舞，她去瞧了几眼，没法把她习惯于劳作的身子，扭出动感的姿态。她越来越焦虑，终于，她病倒了。

我带着她去医院检查，医生也说不上什么所以然来，只是让她放宽心，让她多休息。我坚持办了住院手续。住下之后，她变得疑神疑鬼，以为她患了什么大病，是我跟医生联合瞒着她。医生解释再三，她也听不进去。除了伯父，就是我在医院守着她。住到第七天的时候，她开始怀疑自己患了癌症。我旁敲侧击询问好久，才知道她看到不少病房里，有人塞进了写满“神药问世，三个疗程可祛除癌症”之类的小广告，便以为自己也患上了。伯父苦笑不已：“你以为你想得就能得啊？回家去。”他让我赶紧去办出院手续。伯母又怀疑她是不是没法治了？伯父又好笑又愤怒，他喊起来：“是，是，现在回家给你订棺材。”

我也无比烦躁，尤其是当我想起这一周来，四堂哥竟然没来过医院看过伯母一回，立即掏出手机，拨打了他的电话，劈头盖脸骂了他半个小时。四堂哥静静地听着，等我把气泄完，他在那头缓缓地说：“你过来一下。”

我赶到四堂哥家，见到了他邋里邋遢，衣服更是连纽扣都没扣对，眼珠子发红不说，眼圈黑得像戴了墨镜。我大吃一惊。在以往，四堂哥从不这样的。他长期都是穿着齐整的衣服，连褶皱都没有一条，恨不得裤子不用布裁而用铁来焊。据他自己说，他的工作，经常出去见客户，形象最重要，形象让人感觉舒服，业务就成功了一半。因此，他在穿戴上，从来都很舍得下本，按照他的说法，买品牌衣服那都是大路货了，他的不少衣服鞋子，都是去手工店私人定制的。

我坐下来，等着他开口。

他先哭了，把头埋进双膝里，十几分钟后，才重新坐直。他定定神："老五，对不起，我知道你有气。我知道你肯定觉得我无情无义。我自己都觉得……我最近老是觉得对不起我们家。你不知道，我最近梦见二哥好多回，他总是满脸怨气看着我，我都一个月没睡好一天觉了。"我知道那种痛苦，他所经历的这些事，我也经历过。

我说："所以你就成了这样了？"

四堂哥摇摇头。

他说："前些时候，上面让我回家做思想工作，后来我们家签了拆迁协议，我以为这事过去了，谁知道这才刚刚开始呢。现在，我的工作已经暂停了，上头在翻档案查我的问题呢。我现在只能待着，配合调查，也许哪天就进去了……我知道妈爱胡思乱想，我要真去看她，怕被她看出什么来，到时她脑子更是停不下来，不是害了她吗？"

"伯父知道这事吗？"

他没回答，拍拍我的肩膀，起身去了浴室。

出院之后，伯母的状态并没有好转，有时甚至会心不在焉胡言乱语。在伯父的紧逼之下，她才哭着说起，她最近时常梦见二堂哥浑身湿漉漉，抱着手在海涯村的院子废墟面前发抖。她要走过去问，却总是走不动，步子迈开，脚却停止了，没法向前。伯父沉默许久，说：“那，是得找‘人’看看。”伯父四处打听哪里有神力高强的师傅，获悉省城一条小巷子里，有一位有求必应的女菩萨，便带了伯母过去。伯母把女菩萨画下的符烧成灰，泡水喝下。女菩萨还指点说，二堂哥未婚，可能有些心愿未完，可以请人用纸扎一位女子，到他墓前烧掉。也不管有用没用，伯父伯母按照女菩萨的指点，请人到二堂哥的坟前做了超度仪式，烧了纸钱纸人——二堂哥的那条小船，也烧了。

那之后，伯母好像恢复了点精神。

伯父决定乘胜追击，不让伯母有闲下来的时间。他前往买地的那个小镇，租下一间房子，他和伯母搬了过去。伯父择好日子，叫来施工队，开工建房。挖掘机开工了，铁手深入地面，抓出一把土。伯母迷蒙的眼睛，也放射出了光芒，她有活儿干了，她接受了伯父委派的新任务。

伯父又开始他的“创世”生涯了。

病人

我是在伯父开工建房一周之后，接到阿朋的电话的。

电话进来的时候，我看到“阿朋”两字，有点发蒙，好一会儿才想起他来。原来，这几个月来，各种杂事已经把我催逼得早已忘了那个孤岛上的老人。阿朋说：“我是阿朋。最近我听说了那个怪人的一些事，不知道你还感不感兴趣？对，关于那怪人的。我听说，他最近不在岛上住了。他生了病，被他家里的堂兄弟给硬扯上岸来了。现在在县医院，对，在县城呢，你还要来找他吗？对，对，对，就是告诉你这事，你自己看着办。不然到时怪我说有消息不告诉你……好的，再见。”

挂下电话，我也犹豫着，还要不要再去找他？他在医院的话，我最多也只能去看看他，难道还好意思去让他抱病讲起那让人唏嘘的过去？接下来我一直心不在焉，眼前一直浮现着那老人藏在阴影中的脸。当晚睡觉之前，我还一直想着这件事，我好像回到了火牌岛上，被四面的海风围攻，不能入眠。第二天，我又悄悄开着车，往海南岛西边而去。手机导航把我引向了县城医院，我报上吴志山的名字，找到他的病房。那间靠着走廊尽头的病房静悄悄的，还有着其他两位病号，吴志山住在靠门的那张床。

吴志山的手腕在打着吊针，他还是穿着我在岛上遇见他时候的那身衣服，不过无论衣服还是身子，好像都比岛上要干净得多，但他的脸上，有着一股病态的倦容。他的眼睛一直注视着吊瓶的管子，一滴一滴的药水，沙漏一般正从瓶中流进他的身体。他的身边没有其他人。我走到他的面前了，他还是石头人一般，目不转睛。我把装着水果的袋子放在床头的桌子上，喊了一声 :“老吴。”吴志山瞧了我一眼，先是有些疑惑，后来就变得诧异。我说 :“我来看看你。”吴志山呆滞着脸，却也缓缓散开 :“怎么知道我进医院了？怎么找到这来的？”看来，他还记得我。我掏出手机，摇晃着 :“有这东西，都能知道。”他看着我的手机，还是无比疑惑。

我问："身体，什么问题？"

"老了嘛，总会这样。差点死在岛上。真死了，也好。多活一天两天，也就这样……"

我掏出三百块钱，塞进吴志山手里。吴志山脸色变了："这是干什么？把我当乞丐？"他拳头捏得很紧，不肯张开。我只好把钱放在他的床头："老吴，绝没有别的意思。你现在住院，用得着。要用不着，你出去了，买酒喝。"说到酒，他的拳头便松了一些。吴志山长长地舒了一口气："这四十多年来，你是第二个看了我两回的陌生人。"我只好呵呵笑，心里对另一个人充满好奇，却也不好问。吴志山拍拍他的病床："你也坐坐？"我坐下，此时，午后斜射的阳光从窗子进来，打在床铺上，让那些飘浮的灰尘无所遁形。吴志山说："我前几天才被人从岛上抬到这来，你就赶来了，你还真是不死心啊？"我狡辩道："什么不死心？"吴志山说："别说你不是来挖我话的。我一个人在岛上住久了，但我看人的眼睛可没有瞎，你想什么，我还看得出来。"我不好再辩驳了。吴志山说："他们抬我的时候，我手脚动不了，可我当时感觉很奇怪，像要飞起来。我当过医生，我知道自己的身体，我觉得我可能要死了，却又缓过来了，我这贱命也是硬。”

我说：“你也别讲太多话，多休息。”

“趁我还想说的时候，你就听听吧。被抬上船的时候，我心里也想，要是真的死去了，我这一趟也算白活了。一身冤情无处说，连一个听自己讲话的人也没有，这狗一般的一辈子，就算是悄悄带走了，说真的，我还有些不甘心啊。”我知道，在此时，我已经不需要多耍什么心机，他便会主动跟我讲下那漫长的故事了。但我还是拉拉杂杂地跟他聊着。他说他在博济村还有些族里的堂兄弟，他躲在岛上多年，他们想过很多办法，也没能把他拉回岸上来。他说，前些年，每两三天，从岛上划竹排上岸一次，一是把抓到的一些鱼虾蟹拿去卖掉，买些米和酒，然后洗一回淡水澡，顺便打一桶淡水上岛，以供饮用和煮饭。而现在，都是族里的年轻人每隔几天上岛一次，给他送淡水，帮忙卖东西。这一回，他觉得浑身发软，手脚没力，疼痛从身体内部传开，把他撕扯得翻来滚去，他做好了必死的打算，就爬到他在岛上给自己留着的一个沙坑里，钻进去。他族里的人好些天里再没人见过他，也是寻找了好久，才在那个深坑里把他抬了出来，经过一番抢救，缓了过来，医生说他处于长期营养不良状态，贫血也厉害，受不得冻，并非什么绝症，却也需要长期的休养。族人一起把住院的钱凑了出来，并安排人定时给他送饭，让他在医院好好休养。族人希望吴志山回那间族里人筹资修建的房子里住下来休养，吴志山便说要回就回岛上。族人只好让他继续在医院待着，多养一些时日。

吴志山说：“你跑这么远，就是想来听我讲故事，值得吗？”

“也不仅是这个。”

“还有什么？”

还有什么呢？我其实也说不清，说得矫情一些，便是一个无所事事之人对另一个无所事事之人的兴趣勃勃；一个闲极无聊的人，对另一个孤独者无边的好奇。

是这理由吗？

第四章

寻鬼

博济村人把那个小岛叫鬼岛，平素少有人登临。很多人曾亲眼目睹，在夜里，那小岛上飘荡着色彩变幻的鬼火，在你准备细看的时候，鬼火却瞬时湮灭。村人都说，岛上太暗，鬼火是为那些出没的幽魂指路的。甚至有人说，鬼岛上有着直通地府的生死门，那些死在海上的人，那些被风浪所吞没、没法回到岸上葬入地下的人，只能通过鬼岛的生死门，在鬼火的引路之下，进入幽冥。若非万不得已，博济村的人是不愿意登上那个岛的。但吴志山却准备上去了，村人最大的惧怕，却是对他最大的诱惑。他翻读过《三侠五义》，他知道那刚正不阿的黑脸包青天，是所有含冤者的希望——可他冤狱十年出来，人间仍旧处于“文革”之中，人人都有冤、人人都有罪，又要向哪里去寻找一个可以还他清白的包青天呢？

五江爹听他说了冤情，只有长叹一声：“你去找那阿荣，寻回一个公道。”且不说能不能寻到她，假使真寻到了，如何讨还清白？或者豁出去，刺她一刀？关键是，这十年之痛，几乎让他不再信任任何人间之事了，人人施虐人人自危的时代，还有可以信任的人吗？如果鬼岛上真的有鬼，他倒更愿意去与鬼为伍。一想到与鬼为伍，他瞬时血液沸腾。他自然又想到了那本《三侠五义》，在那书中，包青天昼断人世、夜判阴间，在人间与幽冥地府之间自由出入，可以看到更多的真相。有些在人那里被谎言所封锁的真相、在人间无法申诉的冤情，鬼眼便会看得清清白白——他可能真的只能寻鬼来证明自己的清白了。

吴志山最初寻鬼的地方，是村人的坟地。有一个多月，他都是睡在父亲母亲的坟头，等着夜深，他开始睁大眼睛，寻找鬼魂。一无所获。每听说哪里闹鬼厉害，他便满怀希望地在深夜寻过去。他去过县里另外一个镇寻找，那里有一个村，当年日本人前来的时候，残忍地实施了大屠杀，几乎把村里男女老少，全都埋在一个巨大的沙坑了——那里确实是阴森森，走近了就浑身冷得刺骨，可他没遇到鬼。他甚至不局限于本县，他寻到了邻县，那里是解放海南岛时国共进行大决战的地方，在那里，共产党的军队势如破竹，把气数已尽的国民党残部清扫殆尽。他在死人没法算清的旧日战场，听到夜风如哭，感觉那场战事就宛如昨日，可他还是没能看到一张鬼脸、一抹游魂。民间传言，牛眼可视鬼神，人擦了牛眼泪，也是可以的。牛倒是好找，很多村子里就用牛耕田呢，可怎么拿到它的眼泪呢？他找到一户养牛的人家，给送了海里捞起来的几斤鱼虾，说是家中有人得病，大夫说用几滴牛眼泪下药方可医治。那户人家找到一些没干的稻草，对着牛熏了一番，算是给他收集了几滴。他拿着这难得之物，在夜黑风高之时，来到一处阴森可怖的所在，他专门等到后半夜才把牛眼泪涂进自己眼睛，仍旧一无所获——倒是把他的眼睛弄得一阵阵瘙痒，后来还发红了，差点没肿起来。

他决定上鬼岛——如果这个世界上还有一个地方能找到鬼的话，或许只剩下鬼岛了。

他本来准备悄然上去的，可他还是跟五江爹说了他的想法。五江爹被吓得腰差点直了。五江爹想要劝他几句话，还未开口，五江爹反而自个儿哭了。连五江爹都不知道他自己为什么而哭。吴志山给自己准备了一只竹排、一张渔网、装淡水的小缸、一个小桶、一口砂锅、几件衣物，就上岛了。上岛时是傍晚，晚霞漫天，他划动着竹排，缓缓离岸。五江爹还是来送了一下他，他把竹排划出去几十米的时候，五江爹弯折的身子被夕光染上一身铜黄。吴志山朝他挥手，五江爹则挥了挥那拐杖。那是吴志山最后一次见到五江爹。他后来有一回上岸卖鱼，偶尔听到有人说，五江爹自缢了。这个渔村最长寿的人，见多了“文化大革命”的人间冤狱，忍不住自己把自己了结了。据说他死后，那弯曲的腰身也变直了，竹竿一般挺立。吴志山悄悄寻到五江爹的坟墓，给他洒了一点米酒。

初登小岛的吴志山，看到的是扑面而来的火山石和珊瑚礁。他很是兴奋，他在博济村听了很多有关小岛的传言，需要在这里印证。眼前的火山石和破损的珊瑚礁，使得这里确实像是通往另一个世界的入口。他搬着竹排上自己的东西，往岛中央移动。这里的一切都是原始的，少有人的脚步。岛中央的那片木麻黄林和沙带，自然成了他的首选。他把所有的东西往一棵树下一扔，躺倒在沙子上。这里空空荡荡，世间的一切，都跟他再没关系了。他并没有什么事一定要去做的，他爱怎么闲就怎么闲。唯一不好的，就是肚子会饿，会叫，会发出让人难以忍受的鸣叫。要是肚子不会饿，他可以一直躺着，什么事情都不做，直到世界尽头。他拎着小渔网，走入海水中，缓缓撒开，捞到什么算什么。反正他也吃不了多少，有时还拣了大的鱼虾蟹留下，小的被他一甩，丢回海里。他生火做饭，随便吃一点，天色已然全黑了。他再次躺下来，只剩下自己的世界，让他无比轻松。他想，能不能找到鬼，这里都挺好的，不会有人争来斗去、不会有人要进行革命、不会有人要心生阴谋、不会有人要设下冤狱……这个小岛万古长存，好像是等着他的登临。

可既然是来寻鬼的，那还是要去找一找的。夜色渐深，他游荡在小岛之上，哪里深黑，哪里更像是游魂出没之地，他便毫不犹豫往哪里去。他觉得小岛最北边，脚下石块垒积，阴森、坚硬，冷峻之中透露出神秘，或许那里有戏。他便去了，那里风声很大，咸腥的水汽压迫而来，被海水长期冲刷的石头，布满了各种海菜和苔藓，夜里根本看不到，却能感觉到脚底打滑。他小心翼翼，仍旧摔了三次，两次摔到了手臂，一次有石头碰到了脸颊，疼从肌肤外面渗入，他却觉得这疼痛里有一股让人着迷的刺激。他恨不得疼痛能够持久一些——他专注着伤口处，想多感受这痛感，又发现这痛感瞬时消失了。他有些失望。幸好，痛感只是暂时躲避，仍会返回，仍会在他身上再次出现。

第一夜他就把小岛绕了一圈，没有发现有任何异象，他期待中的鬼并未出现。这一夜，风挺大，他没睡好，天亮之后，他煮好一天的吃食，又剩下了无数的时间，一切都是空荡荡的。他想，寻鬼是一个长期的过程，可能得在这个小岛上长期住下去了。他再次绕着小岛，想寻找哪里更适合住，几乎花了一天，他把小岛上都翻寻一遍了，并没发现适合的小山洞什么的——这里不是礁石就是沙子，哪里有什么可以栖身的山洞啊？要长住，晴天还好，暴雨天气，可不得了。他看中了岛上的礁石，想用这些石块，在岛上堆砌出一个小小房子来。他到岛中央寻找了几棵靠得比较近的木麻黄树，决定就把小房子安在那里。自己堆房子，并不是马上就能建好的事，他就近捡起石块，以那几棵树作为柱子，堆砌墙壁。礁石并不方正，他却堆得比较用心。

白日里，他在早上煮好吃的，便下海抓鱼，抓到的，或者自己吃了，或者放在岛上的一个小水坑里。三四天后，他的淡水用完了，他把抓到的鱼虾装进桶里，划着竹排上岸。他没有在博济村停留，而是远远绕开，找到另外一个村子，到一些人家那里，把鱼虾亮出，说想换一些米啊菜啊什么的，他要求不高，总是有人愿意跟他换，甚至还有的说，下次抓到什么，直接拎过来。换完之后，他找到那村子的水井，冲一次痛快的淡水澡之后，他在桶里装满淡水，划着竹排，又返回岛上。

他是在过了十天八天之后，第一次在岛上发现鬼火的。当时他几乎都把岛上的一切翻遍了，恨不得把木麻黄的每一根叶子、把野菠萝的每根刺也翻检一遍，仍旧一无所获。吴志山读过几年书，也在部队当过医生，对于鬼魂是不是存在，自然是怀疑大过相信的，若非遭逢冤狱历尽劫悲，他可能永远也不会去做找鬼这么滑稽可笑的事。更重要的是，若不寻鬼，还有什么事值得他一再苦熬永不放弃呢？很多时候，他寻着找着，没想起自己是为什么而寻找，而只记得寻找的本身。因此，当他那个夜里，看到一点火光闪过，他的兴奋可想而知——毕竟，这事并非全是虚幻，一些蛛丝马迹还是从另外一个世界泄漏了出来。火光在空气中浮动，他追过去时，已然消失。他激动地想，火光的背后，应该就站着他所寻找的东西吧？

——没有。

鬼火的背后，并没有鬼。

他只好期待更多鬼火的出现——后来也确实出现了，

但仅仅是鬼火而已。当医生的他，知道所谓鬼火，是白磷随风而燃。他多么盼望，鬼火的背后，不仅仅是白磷。看到白磷的几天后，他在飘着鬼火的附近，看到了一具人的枯骨。吴志山自认为这些天来，对小岛已经颇为熟悉，此时却发现，这小岛里隐藏着很多他看不到的地方。枯骨可能是在某一次涨潮的时候，冲到岛上来的，海水退去，尸体遗留了下来。可能时间太久，那尸体的皮肉全都烂没了，只有骨头和一些没烂光的破布，裹在一起。这是男还是女呢？他是因为什么事情死去的，是遇到了海难，还是主动寻了死？他又是从哪里漂过来的？在海上经历了一些什么？……太多的疑惑，纠缠着吴志山。他想，他所见到的所谓鬼火，便是从这具枯骨身上飘出来的。他有些失落，这岛上哪有什么地府的生死门啊，不过是身世不明的枯骨带来了鬼火。当然，他的虚空感更强了，多么风光之人，最后不就是这个模样？吴志山并没有直接把那人埋掉，在好多个夜里，他就守着枯骨，想看看枯骨边上会不会有鬼魂出现。仍旧什么都没看到。他苦笑道："对不住啦，这几天都让你暴露着，你也不来找我，我下次上岸，找来把锄头，把你埋了，你就留在岛上陪陪我吧。”两天后，吴志山上岸，买来锄头和柴刀。沙地好挖，吴志山并没有挖开多深的坑，把骨头埋进去，堆起一个小土堆，还捡来石块，围在周边，算是做了一个标记。当晚，吴志山在“坟墓”边上守着，火光没有再出现。后来，吴志山又发现了，不仅人的骨头能散出鬼火，有些鱼虾蟹死在沙滩之上，也时不时会在夜里闪现火光。从最初的惊喜到见怪不怪再到最后的视若无睹，吴志山没用多少时间。

有了锄头和柴刀之后，他堆积小房子的进度就加快了。他把看中的那几棵木麻黄树的树干拦腰砍断，只留下齐人高，捡来的石块，就顺着树干堆砌而起。他没有把墙壁堆得太高，海上风大，堆高了容易塌下来，最终墙壁只有他脖子那么高。他担心石块堆起的墙壁不牢靠，就劈开了一根根的树干，整齐地围着墙壁插进沙地，再用绳子绑紧。整栋小房子就被捆绑在那几棵砍断的木麻黄树上，倒也挺结实。屋顶也是先用砍倒的木麻黄树干平铺上去，绑紧，再捡来一些树枝、树叶，铺在顶上。这间只有四平米多的小房子，他像玩一般，前前后后修建了二十多天。其间下过四场雨，三场是阵雨，一闪而过；有一场下得很大，他避无可避，干脆拎着渔网，到海水里边游泳边捕鱼。房子建好之后，随便在里头塞些杂草，躺下来，感觉便完全不一样了。杂草铺在沙地上睡了一段时间，又有新想法了，他捡来平滑一些的石块铺在房内，再用平直的树枝平铺上去，最后再铺杂草，就更舒服了。石块、树枝和杂草，隔绝了水汽，他睡下来，就有了暖意。仍然有风漏进来，但比起露天而躺，那是要舒服多了。

寻鬼对吴志山很重要，可是鬼魂老不出现，吴志山明白，这事急不得。这事变成他夜里做其他事的时候顺便做的事，鬼魂出现也罢，不出现也罢，他并没有为这事着急。岛上无所事事，他就得变出各种事，让自己忙起来。变不出，顺着小岛走一圈，总会有一些事情自动冒出来，等着他去收拾：一棵树的树根裸露，需要他去埋上一些沙土；几只螃蟹在沙滩上爬行，需要他去抓捕；那间进去后只能弯腰的小房子，还有一些缝隙，等着他挖来一些泥巴去涂上……四十多年里，他一共在岛上发现过七次被海水送来的死人，他把这些尸体埋得很近，也是让这些无名的亡者，在寂寞的海风中，有一个伴。其中有两回，与尸体一同到来的，还有小船，被打得七零八落，还没有沉，但用绳子跟船连接在一起的人，早已死去多日。吴志山渔村长大，知道这些人死亡的背后，是一个家族里无望的等待，他把尸体埋下，破碎的小渔船拉到小岛上，心想着哪天若有人寻来，倒可把渔船认一认，把尸骨挖回去。

从来无人认领。

有些渔船从小岛附近过去，不经意间看到须发凌乱衣衫破旧的他，好像看到从水中冒出的海怪，惊叫不已。他早过得不知道何年何月，只知道天气寒凉之后，冬日就到了。他会挑一个冬日的傍晚，去博济村的墓地，把父母的坟扫一扫，敬上几条鱼虾、洒上一些米酒，表达自己的愧疚——自己入狱十年，未曾有一日尽孝，甚至连父母的最后一面都没能见上，他在墓前为父母大哭一场。也就是这时，有人暮归，在渐暗的夜色中，见到一个衣衫褴褛的背影在坟前痛哭，被吓得落荒而逃。他后来经常把刀磨锋利，把自己的须发刮掉，以方便去卖鱼虾时，不把别人吓到。可他还是陆陆续续听到不少周边村子有鬼怪出没的传闻，一细细打听，他觉得好像说的就是自己，暗自苦笑：我找鬼不得，自己倒变成鬼岛上的一只鬼了。

上岛后的某一年，他又去祭拜父母的坟墓，却发现父母坟墓不远处，新添了一座坟。过去一看，一块很小的石碑上，还刻着文字：吴志山。是他自己的坟。有人给他立了坟，可到底是谁立的？是家族里的人看到他多年未归家，还是自己的“妻子”陈爱珍，以为他早已死在牢里，悄悄立了这座空坟？站在“自己”的坟前，吴志山不知道该不该祭拜，最后，他往坟前洒了些米酒。手一抖，装酒的碗掉落，酒水溢洒出来，坟前湿了一小块。

台风

一个豁出去了，恨不得自己早点死的人，是什么都不怕的，可吴志山还是不希望在岛上遇到台风——这却是岛上躲避不了的事情。初登鬼岛两个多月后，进入了七八月，雨水渐多，风暴也随着雨水随时袭来。他以木麻黄树的树干为柱子的房子，显然不能遮住雨水，但已经比露在外头舒服多了。雨水太大，有时还涌入到屋内，他只能用锄头把房子周围的沙子刨低，把雨水引走。雨挡不住，风更是有缝隙便渗入，没一刻消停。

他所遇见的那场狂风，让他见识到了什么叫可怖。

拿着鱼虾上岸换酒、米之时，他便听到了风暴要来的消息。这些离海边不远的人家，谁都懂看一些天色。

“这一趟，恐怕得坏不少事。”有人这么说。

“没回来的渔船，要遭殃啊。”也有的这么说。

……

吴志山拎着东西，准备登岛。他看到了海水之中，翻滚着不少漩涡；而天空中，乌云层层叠叠压来。吴志山上了竹排，开始划水。竹排打着转，行进很慢。他心中想，要不，悄悄回家避一避这趟风？岛上一切都是裸露的，那小房子自己刚建好，能不能挺住这场风暴的袭击呢？到时风太大，是无处可避啊。此时海边的风还没起来，在做着暴发前的热身，吴志山海边长大，知道风暴的脾气，此时越是宁静，后头越是暴怒。而要返回博济村，也并非容易的事——他把竹排退回岸边，却不敢马上返回博济村。他有些躲着村里人，有时真要从村边经过，他也得蹲在地上，用泥土把脸涂得自己都不认识。有时，他又想，他那么多年未归，十年牢狱早已改变了他的脸，即使以前认识的人见到，又怎么可能认得出？天色越来越黑，几乎所有人都躲回屋内，把门窗关紧。

吴志山犹豫了许久，才急步往自家跑去。他以最快的速度，进入了院子。

他闻到了一股浓烈的霉味。院门早就坏了，连正屋的大门，也只剩下一半，这半边门，在风中摇来晃去咿呀作响。吴志山干脆把门彻底打开。暗黑的天色里，他没法看清楚这间房，可他知道，自父母过世，这里至少好几个月无人居住了。人的退场，是蚊虫的进攻，他感到一层层的蛛网，粘连到自己的脸上身上，一抓一抹，闻到了奇怪的气味。吴志山心中隐隐作痛，本该一家人欢声笑语之地，此时却荒废成无人理会的废屋子——全赖当年那个女人啊，她的“强奸”二字，不仅把吴志山，把他全家人的命也改变了。他又涌起对那位阿荣的恨意来，怎么能不恨呢？想着想着，他又觉得，是不是因为当年自己拒绝她，让她产生了恨意？要是自己跟她发生了什么，或者答应带她回渔村看看，是不是一切都不一样了呢？是因为自己拒绝得太过了吗？罪恶的源头，难道在自己这里？过一会儿，又想，不对，若不是因为当年自己执意当兵，这后面的一切便不复存在，源头还是在当兵这里啊。可又不对……若是招兵之时，自己还随渔船出海，而不在村里，那是不是就听不到当兵的消息了呢？……这些事一层一层往前推，没个尽头，要理出一个所以然，恐怕不是一时半会儿的事。他的头痛得像被尖利的石块从内部撞击，他忍不住，不管眼前是什么，往前一撞——他入狱后惹来的狂躁发作了，墙壁被撞得啪啪响。

他听到了哐当一声，整个房间亮了起来——他撞击墙壁的同时，空中闪电亮起。那道闪电不像从天上发出，而是从撞击脑袋里裂开、射出。闪电之后，雷声滚滚而来，另一道道闪电，也交织而至。吴志山借着这雷电的光，看到自家屋子的破败、颓废，可能不需要过多久，这屋子便会倒塌，成为村里人驻足、叹息之地吧？在他们看来，这家人绝了户了，这屋子也是不祥的。吴志山被一种巨大的空虚感所包围，这种空虚感犹如赶到了半途的暴风，要把他吞没。天绝地灭既然总要到来，活着还有什么意思呢？

想寻鬼，寻不到，更寻不到进入另一个世界的生死门，人死了，什么都烂掉，骨头还会烧成灰，变得一无所有，那就不要活着了吧？

绝望涌来，又缓缓后撤。他想起了，在这间屋子里，他曾与父母生活过的时光；他想起了他趴在妻子身上，像永不疲倦的牛在肥沃的田地里耕种，她的喘息与抚摸，曾让他一次次抵达狂喜与宁静；他想起了，那个因为自己长久未归而感到陌生的儿子，在他面前一次次哭出声，最后又被逗得开怀大笑……记忆中的画面越美好，此时的他就越痛苦。这种痛苦和巨大的虚无结为一体，把他带入更深的旋涡。

——这间房子，有着巨大的魔力，吴志山一进入，心底埋藏最深的东西，被全部搅和出来。无所惧怕的吴志山，竟然害怕起这间房子来。要是在这里等着这场风过去，或许他就要疯了。但是，外面的风暴就要来了，现在还要上岛吗？按照这个阵势，真上岛了，或许便会死在岛上了；或许，上不了岛就淹死在水里了。想到死，吴志山反而兴奋起来，我还怕什么死呢？我不是一直找鬼，那就死了找鬼去。他顿时觉得，应该要迎着这场风上岛。外头的雨已经淅淅沥沥下了，吴志山把包裹往身上一缠，仰头走出房间，又是一道闪电亮起，他的脑壳也跟着轰鸣。若是有人这时见到他，或许还能看到，他的嘴角挂着笑——无法言喻的笑。

此时，他也不害怕任何人看到了，怕个鸟，怕个乌龟螃蟹蛋。风暴将至，即将天翻地覆，没人出门看他。他像一个疯子一样，冒着漫天的雷电，朝海边而去。解开被海水掀来掀去的竹排，他跳了上去。此时海里的浪已经有人那么高，吴志山却更加兴奋了，大点，再大一点，他娘的，淹死在水里吧。竹排此时已经不好划了，平日风平浪静的一两公里，并不需要多少时间多少精力，此时，却需要他跟海水的搏斗。岸上到岛上的水并不深，平日里，他用一根长竹子撑着，到了水深的地方，再解开两只划桨，划一划，也基本上就过去了，此时浪变大了，天又有些黑了，他只能在浪里，朝着那个大概的方向，缓缓而去。浪头起落，有时过去两米，又被甩回来三米；有时则把整片竹排抛上半空，再狠狠地抛下来。吴志山站在竹排上，摔倒又再次爬起来，袋子里的米啊菜啊，全湿了，全被浪头打散了，他干脆解开袋子，把东西全撒进了海水，只留下了小罐米酒，绑紧在胸口——饭可以不吃，这米酒可少不得。

借着闪电的亮起，他有时看到小岛，有时又看到海水把小岛淹没了。他还是奋力地划着竹排，却怎么都划不动，竹竿插进水里，被浪头打弯，此时的水还浅，竹竿却被浪打得永远探不到底。他浑身被雨水、海水浇灌，湿淋淋的，风打在脸上像拳头。半个小时之后，他回头一看，也就离开岸边几十米远，要想划到小岛，还遥遥无期。他想把竹排划回岸边，却发现，撑竿已经被浪头打折了。吴志山把身上的袋子解开，握紧那个酒罐子，用嘴巴拔开塞子，咕噜咕噜，他一口气把米酒喝了一半；再仰头，咕噜噜，他喝下了另一半。就在他含着酒罐子的时候，又一个浪头过来，竹排掀起，他往海水里摔去。他掉到了海水里，海水塞进了他刚饮酒的喉咙，又咸又苦——还未品尝到酒味，已被海水冲刷殆尽。

吴志山也不打算再爬上竹排了，他丢掉手中的酒罐，开始划水。噼里啪啦，雷电就打在不远处。吴志山无所畏惧，他用尽所有的力气，奋力划啊。

划。雷电。浪头。淹没。浮起。再划。再雷电……

雷电稍微停歇，是在暴雨真正到来之际，那不是下雨，那是另一片海从天空中倾倒下来，吴志山被两片闭合的巨大海水紧紧夹住。他朝着小岛的方向划，此时的他，好像是憋了一肚子的气，要跟这片海水来撒、要跟这阵风雨雷电撒。他对这一段水路很熟，他知道哪个方向对着小岛，他闭上眼睛也不会划错。前进的速度很慢，可他不管，大不了死了呗；扑面的海水、雨水他也不管，大不了死了呗……他也不知道是划了多久，才抵达小岛。鞋子早已不知道掉落到哪里去了，裤子也没了，他只剩下一件上衣。光脚踩在那些尖利的礁石上面，他觉得无比踏实。浪变得更大，咆哮着击打岛上的礁石。吴志山伸展双臂，对着浪头、狂风、暴雨跟雷电狂笑。

——这是他的岛，是他的地盘，即使要死，也得回到这座岛上。

风太大了，把他推着往前跑；雨也太大了，恨不得把他拍死，像鞋底拍苍蝇。可他没什么好怕的，此时的他，心满意足。今天，他跟这片海、跟天地斗了一场，他是赢家。

当然，这只是赢了上半场，肆虐的暴雨狂风扫荡小岛，才是下半场。到了岛中央，他立即缩身到那小房子里，获得了瞬间的宁静。他把木门关上，短短一刹那，他觉得风暴远离了。吴志山很庆幸自己有先见之明，以几棵扎根在岛上的树干作为屋子的柱子，并且，他还在石块堆砌的墙壁内外，各插入了一排树枝，跟那几根扎根在小岛中心的树干捆绑一起，十分坚固。看样子，要想吹坏这间房子，风要大到可以把那几根树干连根拔起。暂时吹不倒，可狂风和雨水，沿着缝隙侵入房内，要想过一个干爽的夜，是不可能了。吴志山也不管了，他脱掉那湿透的上衣，翻出屋子里还没被水全部打湿的一套衣裤穿上，身上顿时暖了不少。

此时，屋子外面已经成为风暴的中心，木麻黄树在狂风中不断传来树枝被打断的声音。岛上的沙子，也被风吹雨冲，不断移动。这扎根树干下的房子，也不安全了——至少，屋顶先失守了，巨大的风暴，把屋顶上的茅草、树干、树枝撕扯开来，疯狂的雨水直接灌下，吴志山又全部湿透了。风太大了，屋顶上装着的小树干，被一根根扯开、吹走，吴志山又像泡在海水之中。他正要站起来，猛地听到噼啪一声巨响，他赶紧蒙着头躺倒。幸好他躺得快，才没被那棵木麻黄树砸到——那棵树被拦腰吹断，直接砸落到了吴志山的屋顶之上。这倒好了，这棵巨大的树干，把屋顶给遮住了，雨水和风挡不住——可这个地方，已经是这个岛上最安全的角落了。

吴志山反而放宽了心，他仍旧对着狂风暴雨“哈哈哈哈”狂笑，并伸手到墙壁的小角落那里，摸出半罐米酒，自顾自地喝起来。他想，管他的天地变成什么样，喝酒，喝他娘的酒，喝了这风，喝了这海……狂风暴雨疯狂无度，巨浪掀得比小岛还高，吴志山躲在被断树保护着的小屋子的一角，浑身雨水地饮酒。酒饮完了，他把罐子一搁，没一会儿雨水又填满了，他喝着雨水——那是老天爷给他送的酒。这场风刮了整整两天，才算是彻底停下来了。起先，吴志山以为自己是没法于浑身泡在水里的情况下睡着的，可困意摧枯拉朽，最后他竟然也睡了。风暴最大的时候，吴志山拿一条裤子把自己的手跟砸在屋顶上的树干绑在一起，以免被风吹出去。

疲惫是在风暴彻底过去的时候到来的。其时接近中午，雨水逐渐停歇，风也恢复正常，小岛上断树无数。吴志山巡逻着他的小岛，发现有不少鱼虾被吹到岛上，他根本不需要下网，弯腰一捡，就可以重新生火来煮了——可岛上没有任何干爽的枯枝败叶了，要怎么生火呢？他没办法，拿了几条大点的鱼，用刀切块，直接生吃，倒也有一股清凉沁骨的鲜味。被打上岸的鱼虾太多了，他拣了一些大的，剖开，在海水中洗一洗，晾起来，晒成鱼干。而有一些鱼虾，他则随手捡起，丢到海里。丢不完的一些，在今后的几天内，发臭、腐烂，只剩白骨，又会不时在夜里散发出那幽幽鬼火。

吴志山又得开始修建他的房子，有了这一次风暴的经历，他再修建时，不得不考虑得更加周全，修得更加牢固一些。当他在岛上一年一年居住下去以后，他逐渐发觉，修房子变成了他每年不得不做的一件事——一次次摧毁，再一次次重建。台风几乎年年有，但也不是每一次都那么大的，有时吴志山做好了大战一场的准备，发现不过是清风拂面，他还显得有些失落。当然，每年台风季，备好足够多的米酒、干鱼等喝的吃的，才是最重要的事，在风雨之中，得靠这些撑着。

吴志山在岛上住了四十几年，早已忘了他到底经历过多少场台风。但他记得，后来他费尽心思，花无数时间垒积起来的鱼塘，就是一次次毁于台风之中。他当然还记得，后来有一个人，花了不少钱给岛上运来建筑材料，给他修建了一座牢固的钢筋水泥房，也终究抵不过那场肆虐海南、广东、广西数地的超级大台风。也是那一次，已经七十几岁的他，彻底失去了和台风一斗的勇气，变得苍老起来。

——这，都是后来的事了。

光阴

在岛上，吴志山丧失了时间感——他像是有意丢失的。上岛时是 1974 年，他当然记得这一个数字，但几月几日，他没记得。他大概能知道的是，什么时候台风季到了，就进入了七八月；海风凉起海水寒，便是冬日。要想知道他在岛上住了多久，他得上岸，问一问人，这是某一年，再用这个年份减去 1974，便可算出。在岛上，白天、黑夜的更替，对他是有意义的；四季的轮换，则意义不大。他不知道自己活在哪一年，他是一个活在时间之外的人。

他开始了某种以事记时间的方式。

比如说：他初登岛那年，修建第一间小房子之后，一棵大木麻黄树在暴风中折断，砸落在屋顶之上。

比如说：他开始垒鱼塘那年，像是回到了英德监狱，用一块块石头，打发着漫长无边的空闲时间。不过，在英德监狱，有人在身后跟着，拿着棍棒监督，在这岛上，唯有自己，盯着自己，唯有自己，盯着这浩瀚的海天和空无。

比如说：那一年他发现了一艘无人的小船从远处漂来，船上无人，不知道发生了什么。船被海浪推着，在小岛边搁浅了。他把小船留住了，想着会不会有人来认领呢？当然无人。可能是因为海流的缘故，那些海上失事的人和物，总是辗转被水波送过来。这小岛，好像是海里的一个回收站，却从来没人来这里寻找遗物。那小船后来被吴志山想方设法翻转过来，成为一个“屋顶”，有时雨大，躲在里头，倒也是最好的屏障。

比如说：那一年，他养下的第三只狗，被岸上来的人打死，他给它在沙滩边，修了一个小小的墓。

比如说：那一年，有一个人，曾来到岛上，和他共住了一个多月。那个人满怀心事，是一个逃难的人。那人从福建来，在海南岛上遭遇到了一场追杀。因为那人跟吴志山聊过，吴志山记得，那已经是海南建省之后的事了。吴志山根据他提供的时间，大略算了算，自己在岛上，已经住了快二十年了。

……

这个小岛是一个点，一个圆形，处于其间的吴志山，丧失了直线向前的时间感，他没法把很多经历，按照时间的线性逻辑，向别人讲述出来。在吴志山那里，这一件事与另一件事纠缠；这一段时间的线头，与数年之后的一根线的中间相搭……所有的事情胡缠乱绕，变成了由千万根线裹在一起的线团。吴志山没法跟别人讲很多事，也跟他这种混乱的时间感有关——他所独居的岛上，四十多年的光阴，被记忆搅和成一团原料可疑的糨糊，要想在里头一点点地捋出前因后果，是一件让他绝望的事。

吴志山在岛上经历过的事，有一些会不断地重复出现，以至于他本就混乱的时间感，变得更加错综复杂，它可以发生在前、发生在中，也可以发生在后。比如说，他常常是内心空荡荡，望着眼前的海水，他不想下海撒网，不想抓一只在沙滩上奔逃的大螃蟹，不想去考虑明天是烈日暴晒还是暴雨将至，他只是看着，他呆坐了很久，还要永远呆坐下去。他坐得太靠近海水，以至于上涨的潮水淹到了他的脚下，带来咸腥的清凉，他才晃过神来。在某一些时候，他觉得自己不是一个人，而是岛上的一块礁石、一棵木麻黄、一丛野菠萝……管他是什么，反正不是人，而是这个小岛的一部分。在那时，所有在岛外的记忆都被清空，所有悲痛的纠缠也烟消云散。这种发呆，他并没有意识到是寂寞的一种，是面对浩大无边时最无力的反抗、最有力的接纳。

也有一些事是没法重复的。比如那一回——他没法指出具体的时间了——在落霞洒满海面的时候，他看到了那金碧辉煌的盛景。那回不太一样了，天空中，有亭台楼阁与高楼大厦的出现。那是从哪里来的海市蜃楼，挂在小岛东边的云朵之上？那是天上的街市，还是另一个世界打开了？那些貌似是城市里闪耀、堆叠的楼，细看却又感觉不对，那些楼的造型如此奇特，甚至带着一些古意，不像是现实里的所有。而所有的这些建筑，堆叠成一个群体，金黄色的光包围着，带着一股朦胧而神圣的光芒。吴志山眼中所看到的这一切，太过真切，在那个瞬间，吴志山很希望岛上有人能和自己一起见证——一个都好。没人。他又想，独享这一刻，也是很好的，那么多岛外之人，一肚子花花肠子，哪够资格来看到这一刻呢？这亭台楼阁，好像是上天跟吴志山使的一个眼色、打的一声招呼，甚至是向他伸出抚慰的一只手，让他在枯燥无边的光阴苦熬中，有那么一点喜出望外、有那么一点久旱逢甘霖。吴志山心想，这就是岛上通往另一个世界的那扇生死门了吗？这就是人们传说中，此生和彼世的连接口了吗？吴志山想寻找一座梯子，想顺着那梯子上爬，到了天上的楼台之上，再俯瞰这一片海和岛。可是，没有一架梯子，没有一条天路。他和海市蜃楼，隔着一段永远无法跨越的距离。当然，能见到这一切，已经很值得了，并非一定真的去往。天上的街市清晰可辨，绝非虚假，这让他虚无的心，有了某种希冀——如果真有那么一个世界，那眼前这人世，倒也不是那么难熬。海市蜃楼没有持续多久，却足以让吴志山记住很多很多年——具体多少年，当然算不清。只要还在岛上活着，只要他还保持着对岛外世界的警惕，他的时间感就永远不会被拉直成一条线，他的时间感就永远是毫无头绪的乱麻。对他来讲，光阴似箭、光阴如逝水，都不重要，重要的，是在时光中消失的某些事情某些物。

比如说：只要想起养过的那三只狗，他还是会有一些心痛。

亡犬

第一只狗是黑色的。一次，他带着鱼虾去岸上与人换米、酒的时候，那人家里的狗，前些天恰好生了几只小狗崽儿，他在一旁看着，这几个小活物真是惹人怜爱。主人见他眼睛不眨，便说："送一只给你养？"吴志山拒绝："不敢，不敢。"主人说："生这一窝，也养不动，总要送人的，你挑走一只吧。"他也不客气了，随手拿了一只黑色的，捧在手心里。小活物的满脸无辜，让他心里有些挠挠的——他是又想到了自己的儿子。儿子的脸渐渐模糊了，可记忆中他的哭与笑，他无论做出任何表情都自带的稚嫩、天真与可爱，永远清晰。划竹排上岛时，吴志山找主人家借了一个小竹筐来装它。小黑狗在竹筐里动来动去，吴志山喝道："别扭了，小心摔水里。"小黑狗懂得他的话似的，就不扭了，眼珠子滴溜溜地望着他，吴志山顿时开心起来。

上岛之后，吴志山给小狗煮了鱼汤，它伸出舌头，舔到了还发烫的鱼汤，哇哇哇怪叫。吴志山说："小心点，不着急。"他还把鱼肉夹出，以免小狗不懂，被鱼刺卡住。这只狗也被吴志山叫作了"牛牛"——他儿子的小名。牛牛吃饱喝足之后，就躺在沙地上打滚，吴志山觉得这岛上，就没那么孤寂了。牛牛没地方可去，大一些之后，就满小岛跑，吴志山要下海撒网，它也跟在岸边，汪汪汪地吠叫。吴志山为了训练它，有时也把它带到水里。它身上的毛发一湿，赶紧往岸上狂奔，站在远处，对着吴志山叫，好像在埋怨他。吴志山只好劝它："在岛上，得学会游水。"牛牛还是狂叫，吴志山就说："好了，好了，同意你的，大一些再练。"牛牛就不叫了，它还是怯怯的，不太敢靠近。

吴志山拎起网，看到有鱼上钩了，会解开一只，往沙滩上一抛。牛牛快奔过去，咬住鱼，抬起头跟吴志山炫耀。吴志山点点头：“还可以，不过还是慢了，得练练。”他又抛出另外一只，牛牛松开口中那只，又急奔过去。熟练之后，牛牛不会等到鱼掉到沙地上才去咬，而是腾空跃起，张口咬住。也有被吴志山捉弄的时候，有一次吴志山丢出一只螃蟹，牛牛冲上前，没细看就咬，发现嘴里很硬，感觉不妙，螃蟹的钳子已经夹住它的嘴巴，它嗷嗷叫，边跑边甩头，跑出几十米，才把螃蟹甩掉了。牛牛又怒视着吴志山，嗷嗷嗷。

长大一些之后，吴志山会拎起牛牛就往水里直接丢，也没敢丢太深。牛牛挣扎着，上岸之后就跑开。吴志山招招手：“过来，过来，不能纵容你了，得学会游水。”牛牛犹豫着，吴志山上前，它就躲。吴志山一直招手，它过来，又被拎起，丢进水中。它又得挣扎着，爬上岸来。也没多少天，它学会了在水面划游。吴志山再在水下撒网的时候，它也跟着游过去，看看吴志山是怎么撒网收网的。它有时甚至会专门跑到吴志山身边，狂扭着它的头，示意吴志山把它抛进水里——它爱上了这个凌空入水的游戏。有时它甚至会把头探进水里，咬上一只漏网之鱼。从水里上了沙滩，它就狂甩着身上的毛发，水珠四射。

有了牛牛之后，吴志山在岛上的日子，多了不少乐趣。他要上岸取淡水、拿鱼换米之时，会把牛牛留在岛上，他正色道：“你把家看住。”牛牛虽然不愿意，可还是留在了岛上，一直望着吴志山划竹排而去。有时吴志山心软，也让它一同上岸，它就很兴奋，在竹排上摇着尾巴，甚至还会跳到水里，跟在竹排后面划游。上岸之后，吴志山洗凉水澡过瘾的时候，也把牛牛洗一洗，或许是感觉到淡水跟海水的不同，它舒畅得更是活蹦乱跳。牛牛爱喝鱼汤，每次吴志山把鱼汤煮好，都得先把它的那份倒出来，它早已目不转睛地瞪着，生怕吴志山分配不均。

这只狗真的成为了吴志山的儿子。吴志山每天最惬意的事，就是傍晚时分，沿着小岛绕圈的时候，牛牛也跟着，寸步不离。吴志山蹲下来，安静地看着某样东西，牛牛也蹲下后腿，坐在旁边，被斜斜的日光，拉出两道长长的黑影。岛上有台风的时候，这只狗从未见过这种阵势，被那失控的样子吓傻了，没一刻坐得安稳。吴志山和它躲在屋子的墙角处，听外头狂风呼啸，雨水倾泻。牛牛紧张地窜来窜去，吴志山抚摸它的毛发，让它安静下来。幸好这一次风暴没有初上岛那年所遇到的风暴那么大，吴志山不断加固的房子，倒也是挺安全的。吴志山说："牛牛，你别怕，别出去就行了。"牛牛停不下来，窜到门那里，却被一股从门缝吹进来的风和雨迎头扑上，它吓得赶紧后撤。房子太小，也没地方可以躲。吴志山倒出一点米酒，说："你也喝一点？喝一点胆子就大了。"它还真伸出舌尖舔了一舔，又赶紧缩回去了，汪汪汪，有些许埋怨的意思。吴志山只好摸摸它黑色的毛："忘了，你还是小孩呢，不能喝酒的。外头风大雨大，出不去，等风过去了，就好了。"风雨之夜，一人一狗，在这孤岛上的小屋子里，感到了无比的安稳。吴志山一点一点地喝着酒，心想：要是儿子还在，现在已经会划船了吧？

风雨之后，牛牛很兴奋，它跑在小岛上，给吴志山叼回来那些被浪冲上小岛的鱼虾，对于螃蟹，它还是有些恐惧——它是用了多久，才学会了叼螃蟹的呢？吴志山早记不清了。吴志山只记得，很多时候，它向他奔跑过来，嘴里若是一只张牙舞爪的螃蟹，它的神色一定有些得意——它是在邀宠。吴志山拍拍它的脑袋："做得好。"有了这只狗之后，吴志山便淡忘了一个人的时候是怎么过的了。天色晴好的夜，吴志山点起马灯，或者烧起一堆火，把刚捕捞上来的鱼剖开，架在火上面烤，被火逼出来的油滴落到火堆里，火光又蹿得更高一些。香气弥漫开来，牛牛伸出舌头，哈哈哈——那是它在吐气还是垂涎？吴志山割下一块，塞进它嘴里："慢慢来，慢点吃，还有。"它一口就吞完了，吴志山就割下另一块。米酒就在边上，吴志山就一口接一口地喝。

牛牛是在第七年还是第八年消失的呢？这事很让吴志山脑壳痛，他隐约记得天冷了有七八回，那便是七八年了吧。之所以说这只狗失踪了而不是死了，是因为吴志山后来一直没有找到它的尸体。那日，吴志山又下海撒网去了，夜里回来，发现牛牛还守在沙滩上。第二天醒来，却看不到牛牛了，吴志山以为它跟往常一样，去围着小岛奔跑，或者到沙滩上去刨螃蟹坑去了，并不在意。谁料，到了中午，也没看到它回来，吴志山开始心慌了，他沿着小岛一路寻找，喊着“牛牛”，并没有一道黑色闪电，从某棵树、某个沙丘后头一闪而出，站在他的脚下。

吴志山越来越心慌，他不放过每一个角落，翻寻了好几天，仍旧没看到牛牛。吴志山是矛盾的，他很想找到牛牛，又害怕找到的是牛牛的尸体——那还不如找不到，那样还存着一点希望，可它若是永远不出现，是去哪里了呢？在海里淹死，被水冲远了吗？还是它潜水上岸，再也找不到回来的水路了？可不会啊，以往它多次跟着游水上岸，对这一段水路熟得很，不会走不回来的。吴志山又到岸上找了好几天，还是没有任何下落，他甚至抱着被村人认出来的打算，回博济村去打听了一番，还是没有下落。而此时的他，肤色如铁、脸形黑瘦，无人识得他就是当年村里第一个穿上军服的吴志山。

牛牛的失踪，让吴志山好长时间没缓过来，他又体验到了当年失去亲人的那种痛感——虽然没那么剧烈的撞击，却让他的孤独感更甚了。体验过和牛牛在岛上的共处时光，再次回到一个人，眼下的时光变得孤寂而漫长，小岛也变得无比巨大，风雨之夜，也不会有另一个身影，在他面前忐忑不安地跑动了。

一直过了有四五年，吴志山养了第二只狗。这是一只棕色狗，不知道哪一天，自己游过那段水路，到了岛上来。刚开始发现它的时候，吴志山还特别兴奋，远远看到一个影子，还以为失踪多年的牛牛再次出现了，近看才发现毛色不对。吴志山要上前，它便狂吠不止，好像受过极大的惊吓。吴志山只好回去，找了点吃的，丢给它。它充满了警惕，伸出舌头舔了舔，等待了许久，发现没什么问题，才把那块鱼给吃了。吴志山远远看着它，它也远远看着吴志山。这只狗在离吴志山的房子十几米开外，住了十几天，才逐渐靠近了吴志山的房子。吴志山每次试图靠近一些，它就发出狂躁的吠叫。吴志山只能作罢，丢下它，去忙自己的事。这只狗上岛时候已经挺大，吴志山没法像养牛牛一样把它养熟。

这只狗的警惕性，是在一次暴雨的时候，才松懈下来的。那一次没有风，夏日暴雨砸落，像铁锤一般重，吴志山躲到了房内，那只狗明显撑不住了，却还是倔强地站着，不肯靠近。吴志山招手：“过来吧，过来吧，躲躲雨。不会害你。”狗挪动的脚步很慢，走一步还回头看一看后路。雨太大了，吴志山从锅里拣出几只虾，丢在房内，继续朝它招手。它靠近房门的时候，猛地甩抖身子，雨水溅了吴志山一身。吴志山也不恼怒，招手让它进来。它进入了房内，舔吃着地上的虾。

这一次之后，它算是对吴志山有了些信任，但始终无法像牛牛一样，随时跟着他。吴志山要下海撒网什么的，它就来到一棵木麻黄树下，用爪子梳理自己的毛。吴志山弄了吃的，拿给它，它吃了也就吃了，尾巴也不摇一摇。吴志山也对它亲不起来。却也逐渐习惯了它的存在，有点吃的，吴志山就“汪汪”两声，它便跑过来。吴志山一直也没给它取个什么名字，也没摸过它的打卷、污脏的毛。吴志山试过跟它套近乎的，可它的神经一直紧绷着。吴志山不清楚它到底是经历过什么，才这样草木皆兵。

这只狗也在岛上生活了两三年才死掉。它误食了一些海边发臭腐烂的死鱼死虾，死之前一直狂躁地叫着，吴志山要上前安抚它，它张口就要咬。吴志山只能跑开，远远看着它。它口吐白沫而死。虽然一直养不亲，吴志山还是感到了某种伤悲，挖个坑把这只“汪汪汪”埋了。他再次回到孤家寡人的状态。吴志山不打算再养狗了——他发觉，即使和狗处得很不好，当它真的死去了，心里也是会一阵一阵地抽紧。

第三只狗，则又是在好些年之后了。那一回，他正准备从岸上返回岛上，从博济村外经过的时候，那只小黄狗就一直跟着他。吴志山捡起石块丢过去，它躲开，却并不发怒，也没朝吴志山冲过来。这条狗毛发脱落，身上还有些疤，很显然，是一只流浪的野狗。吴志山不去赶它了，直接下水，上了自己的竹排。小黄狗奔跑到了岸边，呆呆地望着竹排上的吴志山。吴志山停下竹竿，招招手：“上来吧。”这只自来亲的小黄狗，便成为了吴志山的“阿黄”。很多时候，吴志山感觉，这阿黄是不是小黑狗牛牛转世的，不然它怎么会那么自来亲？有时，吴志山又感觉，这只狗跟他一样，都是面临绝境的流浪汉，无家可归无处可去——阿黄一眼认出了他的底细，同病相怜，赖上了他。

阿黄不像牛牛，也不像“汪汪汪”，阿黄跟吴志山既亲又不亲。它很依赖吴志山，可它不如牛牛一样，是吴志山自小养大，配合无间互相信任；它又不像“汪汪汪”那样，永远充满不怀好意的警惕——阿黄介于两者之间。上岛之后，在吴志山的照料下，阿黄很快就有了变化，它身上脱毛的伤疤慢慢地被长出的新毛所覆盖，它也变得强壮而威武起来。它虽然跟着吴志山出海，却自顾下水游自己的，吴志山丢一只鱼到沙滩上，它理也不理。阿黄几乎没在吴志山面前吠叫过，它永远安安静静，像沉默的智者，又像不会发声的哑巴。阿黄对吴志山是很信任的，但它好像也有自己的骄傲，保持着某种不让靠近的权威。阿黄有时也会在风雨之后，给吴志山叼回一些鱼虾来，但这更像是它跟吴志山之间的一场交易——好像这么做了，它不再亏欠吴志山，他们俩扯平了。

吴志山也没看到过阿黄狂奔，它总是慢慢地走路，不慌不忙。有一次，吴志山看到阿黄下水，朝着岸上游去，他喊道：“阿黄，阿黄，回来……”阿黄没有回头，身影在水面上渐渐变成一个点。吴志山想，这阿黄是流浪惯了，在这岛上待不住啊。他当然也有些失落，此时他已经在岛上住了十多年了，早已没法想象另外一种生活是什么样的，可阿黄不愿意独守在此，阿黄还有别的可能。吴志山念叨着：

“走了也好，走了也好。”

当晚，正当吴志山陷入一个人的孤寂，阿黄湿漉漉地出现在马灯之下。吴志山伸手去摸它，它任由吴志山摸着，但也不摆尾，一动不动。后来，吴志山发现，它每隔一日，便会游到岸上一趟，当日晚上便会返回。它上岸比要卖鱼买粮的吴志山还要频繁。吴志山找来一根绳子，想把它捆住，可当吴志山手中握着那绳子，它便缓缓走开，远远地看着吴志山。吴志山把绳子一丢：“罢了，罢了，你是你，我是我，不绑你了。”吴志山也倒过一些米酒给它试试，它也不怕酒味怪，竟然舔光了。吴志山摇头苦笑：“省着点喝，给我留一点。”

有一日清晨，吴志山刚起来，就看到岛上来了三个年轻人。以往虽然也有一些人来到岛上，可都是匆匆离去，而这一回，这三人明显是来找他的。吴志山并不知道，在这些年里，周边很多村子都已经在传言，岛上住着一个怪人，却没人知道他叫什么名字，也没人来探个究竟。三位年轻人在吴志山的门前站了一会儿，说:“阿爹，我们来找你的。”

“找我？”

“是的。你是不是养了一只黄狗？”

吴志山没说话，点点头。

领头的年轻人说：“我们就是来找这只狗的。得跟您说一下，您的狗，隔天就上岸一趟，常常把人咬伤，看到鸡啊鸭啊，也是咬死了就跑。我们想着把这只狗抓了，找了好久，才发现这狗每次都游到岛上。”

吴志山说：“你们要把它打死？”

“打死。我们钩子跟绳索都带来了。”

吴志山抓起一根棍子，朝着阿黄走去，阿黄也不走，呆呆地等着。棍子打在黄狗身上：“叫你咬人，叫你咬人，打死你。”吴志山是存了私心，想把狗打跑了，可阿黄不为所动，任由棍棒落在自己身上。吴志山打不下去了，丢掉棍子，阿黄还是一动不动。吴志山走到三个年轻人面前:“我下不去手。你们要打死，任你们打。等我走开了，你们再打。狗你们就不要带走了，我到时给它埋个墓。”

吴志山内心空荡荡地向小岛北边走去，直到看不到自己的屋子。

吴志山半个小时后回来，阿黄被放置在屋子的门口那，已然断气了，狗的身上，血迹斑斑。周边的沙地，全是混乱的脚印，很显然，三人也是经过一番折腾，才抓住了阿黄。可为什么那些人都要打死它了，它也不叫一声呢？它死也不叫！这只耐不住寂寞的狗，在狂傲的沉默中死去了。吴志山把它埋在“汪汪汪”的旁边，好像埋下了另一个自己。

他再也不会遇见一只与自己对饮的狗了。

欲念

吴志山身体很好，也懂些医术，虽然风餐露宿，但他知道怎么保护好自己的身体。有一次差点死掉，是因为在岛上吃了血螺。那晚肚子痛如刀绞，他立即抠着喉咙，把所有吃下去的东西全都吐出来，那味道让他很久之后想起，仍旧胸口抽搐。他陷入了一种眩晕之中，眼前出现了幻觉，老觉得要睡过去，觉得不远处有黑压压的影子在召唤他前往。他想，我在岛上寻鬼，这是不是鬼在朝我招手？我得向前问一问？他犹豫着，却不由自主朝那影子走去。最后，是小黑狗牛牛声嘶力竭的吠叫，把他拉了回来。他醒了之后，四肢无力，他一直饮入淡水，然后再吐出来，相当于把胃清洗了一番。恢复一些神志之后，他才生火，用鱼和米煮成稀粥，随便吃了一点，恢复了一些力气。过了好几天，他才缓过来，可以走动了。这些天里，牛牛守在身边，有时跑出去，叼回鱼啊虾啊什么的，吴志山抚摸着它的头，对它点头微笑。

在岛上，身体的需要是最难打发的。可他那么多年的牢狱都熬过来了，在岛上，不过是这一过程的延续。上岸时候，看到一些渔家女人，包裹着厚厚的衣服，脸上还用布遮挡住以免海风劲吹，他会在幻想里，一层层剥下这些女人的衣服。女人扭动的大屁股，更让他想到了陈爱珍。有一次，他也是欲念难消，急匆匆跑去陈爱珍的那个村子，想走到陈爱珍面前，告诉她吴志山还活着，吴志山变成了眼前这个模样。可越靠近她的村子，他越是丧气，最后，根本没见着，他就落荒而逃。欲火一旦起来，他翻来覆去睡不着，还会想到当年那个阿荣给他写的信，给他的拥抱与央求……这些事一旦充溢脑子，这晚上是没法睡了，他只得起来，绕着小岛，一圈圈转，直到把自己累得不行，回到屋子里，再喝下两碗米酒，趁着晕乎乎的时候，倒地睡去。

岛上光阴漫长，吴志山学会了与之相处，却很难学会和自己的身体相处，很难学会和身体内部涌起的欲念相处。有时，酒也不管用了，他只能用上自己的手。之后，他陷入一种难以拔出的颓废。那种挫败感，把他所有的沮丧都挑了出来，在那一瞬间，他希望一场大风暴直击小岛，把一切都卷了去。

很久很久之后，吴志山也才想清楚，为什么阿黄会时不时游水上岸去，它也是压制不住自己的欲望，到岸上去找它的“陈爱珍”啊，找不着，它便只能愤怒地对着路人和鸡鸭狂咬。最后阿黄被那三个年轻人打死也不哼一声，那是因为，阿黄也早有想死之心了吧？

——吴志山想，阿黄还真是像自己啊。

垒塘

欲念如上涨的潮水，吴志山便是那小岛，一点一点被淹没。无论怎么打发，岛上的光阴，还是漫长得看不到尽头，犹如远望大海，天海交界处，是一根线，再远的地方呢？仍然是海水吧？那更远呢？……无边无涯，总需要找一点点事情来打发，以忘却那在体内焚烧的欲念。吴志山找到的这件事，就是堆积鱼塘——永远没法竣工的鱼塘。那一天，他和牛牛从岸上返回小岛，正好遇到涨潮，水把原来裸露的一些地方给淹没了，竹排可以划到小岛更中心的位置。脚踩着沙子，吴志山一直瞧着潮水，若有所思。涨潮之后，是退潮，一些有着小坑的地方，留下了海水，岛上布满了各个小水坑。

吴志山对牛牛说："我们做一件大事好不好？"

牛牛汪汪汪，很高兴。

"不需要你帮忙，到时你帮我当监工好了，我们把它修起来。"

吴志山沿着小岛细细考察了一番，看看哪里更适合修建。他觉得，这个小岛的三分之一，都可以变成鱼塘，但仅凭自己之力，要把这鱼塘修起来，恐怕并不容易，他先选定了小小一块，开始实施。他的计划是，找一些有坑洼的地方——地势还不能太低，但又得在海上涨潮之时，可以由一个留下的缺口，把海水引进来，海水退潮之后，把缺口填上，形成水塘。这以后，他抓到什么小鱼小虾小蟹，随手往里头一丢，养大了再捞到岸上去。计划很简单，但最大的困难有两处：一是要挖出足够大、足够深的洼地来；二是要把洼地的四周垒高，形成屏障，以免涨潮时水没过鱼塘，鱼虾皆随着潮水的退去而游走。

困难是困难，可不是那么多时间没法打发嘛，那就干呗。他用锄头和铲子，开始挖土、搬土。这变成了他每天上午固定的活儿，只要不是暴雨狂风，他都一锄头一锄头、一铲子一铲子，把沙子铲掉，堆移到水塘的四周。他到岸上买来了簸箕，作为装运沙子的工具。牛牛在他身边奔来跑去，吴志山会丢下铲子，擦擦身上的汗："牛牛，知道你想帮帮忙，又帮不上。不着急，我们慢慢来，挖到哪天就哪天。"热天里，清晨时候还凉风四起，越接近中午的时候日光越强烈，没有云雾遮挡的日光像亿万根尖锐的针一般，刺向身上。流出来的汗是咸的，海风吹在身上，也是咸的，吴志山浑身在盐缸里泡过一般。他的动力很足，并不歇息，日头晒得牛牛也站不住了，它不断后退，撤到木麻黄林里，站在高处，远远望着吴志山。接近中午的时候，牛牛看不下去，它奔跑过来，站在吴志山身后，汪汪汪叫。吴志山说：“等等，今天的任务还没完成呢……”牛牛不管，还在叫，甚至张开嘴巴，去咬他的裤腿，吴志山只好扔下手里的工具：“好的，好的，你饿了，我知道。我去煮东西，我们先吃午饭。”

木麻黄林里，烧起火来做饭，香气弥漫开来，牛牛兴奋得一直转圈，先跑到远远的地方，又跑回来。有时它还会叼着吴志山的鞋子，不知道跑到哪里藏好，吴志山找不到，责骂道：“牛牛顽皮了，把鞋子拿回来。”牛牛得意地扭着身体，往前一蹿，消失了，它躲了好久，才叼着鞋子又出现了。阳光更猛烈了，不过木麻黄林里阴影遍地、海风轻拂，怡人得很。吴志山给自己倒了点米酒，轻轻抿一口，长长地舒了一口气，一上午的强劳动所带来的疲惫，在此时消散了一些。吴志山夹一块鱼肉，放入嘴里，自然的鲜味，在舌头上荡漾开来，吴志山更满足了。嗯，米酒配上这小岛周边的鱼，那真是绝配了。吴志山夹了一块无刺的大鱼肉给牛牛，牛牛不再乱跑乱窜了，它变得难得的安静。

吴志山摸摸它身上的毛："牛牛啊，我知道，你也不是饿了，你是看不得我辛苦呢，心疼我呢，把我先叫回来吃午饭。我懂你心意的，你这小东西，知道疼人了，好，好，好。我们的鱼塘挖成了，养出大鱼了，你爱吃几条吃几条……"

午饭之后，吴志山会美美地睡上一个午觉。他把几张用坏的破渔网编织到一起，绑在两棵树中间，成为了一张吊床。他躺到吊床上，轻拂的海风中带来了燥热，可他还是很快地睡着了。下午，他不干什么活儿，只是沿着小岛走一走，君王一般巡游自家的领地，有时坐在沙滩上发发呆，想些事情。他喜欢在傍晚时候下水撒网，一直到天色变黑。他摸透了这一带鱼虾的习性，这个时间段的收获最丰。他没下水多久，就起身上岸，结束一天的劳作；而随着后来鱼虾越来越少，他撒网的时间自然是越来越长，要劳动到越来越深黑，直到点起一盏马灯——犹如岛心的一颗闪亮的眼睛。

第一口鱼塘，挖坑就挖了有一年。尤其是沙子被挖走之后，地下便是一些坚硬的礁石，开掘就更艰难了。挖出来的沙子堆在水坑的周围，变成了鱼塘的护堤，但这护堤比较脆弱，雨水一来，就冲刷掉一些，慢慢地，又渗入塘底。吴志山心想，沙子是不能当护堤的，得用石块。

亿万年以前，海南岛北部曾有火山爆发，炙热的岩浆喷射四处，火红的岩浆变凉、变黑之后，形成了形状怪异的火山石。这鬼岛，便堆满了火山石。吴志山开始搬运火山石，修建鱼塘的护堤。每日上午的挖沙工作，变成了搬石块。搬石块可要比挖沙子艰难得多，坚硬、锐利、沉重的石块，每搬一块，都是一次体力透支，吴志山遥望着挖出的坑，不清楚护堤需要用几万几十万块。计算不出来，那就不管了，搬吧。他的手时常被石块割出各种伤口，沾染到海水，那就是在伤口上撒盐，痛不欲生。小黑狗牛牛，也是在日头越来越强烈的时候，会去咬他的裤腿，让他停工。吴志山说："牛牛，你别扯我裤腿，我手里搬石头，不小心砸到你。"

只要不上岸，不是天气异常，吴志山都在一块块地把小岛南边的火山石捡起，垒积成为他梦想中的鱼塘。在他的记忆里，他一共停工过三次，一次便是那次吃错血螺，差点要了他的命的时候，那之后，他的小岛食谱中，基本上就封杀了螺类，他还摇晃着血螺壳给牛牛看：“这个，你不能咬，咬了，挺不住，得死掉。”另外两次，一次是因为搬石头伤到了左手臂。当时他搬着手里的石块，手臂用力，沉重的石头压得他腰部下沉，他想奋力站直一些，谁知道脑袋一个眩晕，手头再没力气，石块落地。他一个侧身摔倒，左手臂正好砸到石块上，被锋利的边缘划开一道血口。牛牛快速跑来，对着他狂叫，他挣扎着爬起，看看强烈的日头，口干舌燥，知道自己可能中暑了。这一次，他休工大半个月，牛牛每天用舌头舔他的伤口，伤口愈合得挺快。另一次受伤则是在冬日。本来冬天搬石头，要比夏天舒服一些，海风凉，劳作起来要轻松一些。他没留意到脚下石块上湿滑的青苔，扑通一声，摔倒下来，额头处撞到石头，撞出一个伤口。这一次，他至少休工了一个多月，好多回他要出工，牛牛就狂吠不止，强烈抗议。

经过三个漫长的热天和三次海风劲吹的冷天，吴志山才把鱼塘的护堤修建完成——也就是说，加上一年多的挖沙，吴志山修建这个鱼塘，花了四年多。那一日，他拎着锄头把引水口疏通好，在旁边准备好一些石块，等待着海水涨潮。海水缓缓上涨，顺着挖好的凹槽流入鱼塘之内，吴志山哈哈哈大笑，不断地拍着牛牛的头。海水引入之后，他立即用准备好的石块堵住缺口，鱼塘便成型了。这第一口塘，吴志山修了四年多。鱼塘有水之后，他便把一些小的鱼虾蟹丢进去，让它们在里头自我生长，他也会到沙滩上，捡来一些麒麟菜，割碎了，丢进去给鱼虾吃。这口鱼塘修好之后，吴志山便开始跟牛牛构思，以后这个小岛，将变成鱼虾遍地的地方，怎么吃都吃不完。不过在当年的七月份一场台风里，海水涨潮厉害，直接淹没了护堤，退潮之时，加上风雨之力，把护堤全都打垮了。雨过风停之后，吴志山还没说话，牛牛已经对着吴志山轻声地叫唤，像在为鱼塘可惜。

吴志山擦擦眼睛："我们再修。"

在那之后的三十多年里，吴志山还修了三口鱼塘，合起来有四口。后来，他又把这几口之间的护堤挖通，形成了一个大的鱼塘。不知道是部队铁律还是监狱苦刑训练出来的结果，吴志山雷打不动地在这座小岛上一直挖、一直垒他想象中鱼腾虾跃的鱼塘。他一直都没能真正养出一塘鱼来，当一切变得有一些起色的时候，每年七八月基本都会光临的风暴，便把护堤打垮，上涌又退去的海水，带走了一切。吴志山却不服，赌气一般，再次一块又一块地叠砌石块。

到了最后，吴志山也忘了，他修建这些鱼塘，到底是为了养鱼，还是仅仅是要修而已？他是要把漫长无度的光阴打发掉，还是为了跟老天爷赌一口气？——寻鬼寻不到了，那就垒塘吧。老天爷也跟他玩起了游戏，只要鱼塘护堤修好，老天爷便伸出他的手指，轻轻一捅，“石块长城”轰然倒塌。吴志山再垒，老天爷再捅——你来我往，四十几年光阴过去，直到吴志山再也无力搬起一块石头，彻底向老天爷认输，任由护堤一日日垮塌。

小黑狗牛牛是在第二口鱼塘开挖没多久失踪的。它失踪后，吴志山寻找好久，却一直没有它的下落。再也没有牛牛对着吴志山撒娇，要求他停工了，吴志山一旦开工，就没有喊停声，他便可以永久地干下去。也没有牛牛来陪他，在午后饮一点让人神清气爽的米酒了。更没有牛牛，来叼着他的鞋子去藏好，又再次找出来。吴志山想过牛牛失踪的千百种可能，他觉得最有可能的一种是：牛牛吃到了什么不该吃的东西——是血螺吗？可能牛牛知道自己将要不行了，只好朝海中跳去，游往深处，最后消失在茫茫大海。它是害怕吴志山见到它出事，受不了啊。

没有牛牛的监督，吴志山的劳作却更加勤恳，他垒上一块石头，看看老天爷，还想继续玩游戏；他看看岛中央的木麻黄林，好像牛牛还站在那里，再过一会儿，就奔射而来，咬住他的裤腿，让他停工。

——他再次用力，又搬起一块火山石，上面布满了大大小小的孔。

生灵

岛上太空了，除了养过的三只狗，吴志山一直以来并没有什么伴侣。其实倒也不是，岛上住满了各种小动物，各种海边植物，这里是它们的天堂。吴志山也是很久之后，才悟到这一点的。很多年里，他过得太过孤寂了，只想看到鬼，只想看到躲在鬼火背后的某张面孔，好上去向它询问。其实，要问什么呢？假若真的有鬼，真的能够有鬼如铁面的包青天，清楚地还他一个清白——他将要向谁证明这一点呢？证明给早已不在的父亲母亲和儿子，还是早做他人妇的妻子？证明给当年的瘸腿上级和陷害自己的阿荣吗？证明给博济村与天下人？好像更可笑了。自己隔绝了世人，即使有鬼前来探访，伸出冰凉的手，拍拍吴志山的肩膀："听说你有冤屈，你想证明自己的清白，来，跟我说说，本鬼绝不冤枉好人，一定还你一个清白。"他又会从何说起呢？他应该会邀请这只鬼，跟他坐下来，慢慢喝一杯吧？至于什么人世的清白，去他娘的，即便告知天下人，又能换回他被偷走的人生吗？

鬼是没有的啦——岛上寻找了四十几年的吴志山，得出了这么一个让自己沮丧的结论。

生灵倒是有不少——这是他的另一个结论。

比如坡马，这是一种动作快如闪电的生灵。在某几年里，坡马泡酒一度很盛行，博济村以及周边一些渔村的年轻人，整天拎着锄头在沙地上挖掘。坡马居住的地方，会有一个小洞，顺着小洞挖掘进去，坡马无处可逃。挖到之后，往身上的一个小竹筐里丢进去，盖上盖子。最后会有人来集体把坡马收走，把其泡到一些度数很高的酒里头，把清澈的酒，泡出发浑、发褐的颜色来——据说这种酒，可大补。岸上的坡马被挖得差不多了，有一些胆子大的年轻人，相约着，把目光放到鬼岛之上。有一段时间，老有一些年轻人划着小船来到岛上，把岛上的沙地翻了个遍，他们也很好奇吴志山，追着问四问五。吴志山从不回话，可他却被扰得不胜其烦，照这样下去，以后还得有更多人到岛上来。吴志山每天都要花很多时间，在岛上走一圈，看到有坡马出没的小坑，就随手把小洞堵上，算是扫掉了所有蛛丝马迹。可还是不行，年轻人还是来得很多，有不少年轻人回去之后，更是传言，那岛上哪有什么鬼啊，其实就是住着个怪人，岛还挺漂亮的。有些年轻人，带着帐篷什么的，要到岛上过夜，留下一堆又一堆吃、玩之后的垃圾。甚至有的年轻男女，住在同一个帐篷里，夜里叫出肆无忌惮的呻吟，不但把吴志山也搅拌得心神不宁，连他养的最后那只狗阿黄，也心慌得在岛上四处窜。

吴志山知道，不花点心思，这岛看来是挡不住外面来的人，自己是要被逼到岸上去了。吴志山在岛上挖了不少小坑，里头埋下一些尖利的石块，不少年轻人走着走着，便陷入到沙坑里，摔出惊叫与伤口。夜里之时，他有时会点燃十个八个火堆，这些火堆吸引了那些年轻人，他们拿着手电筒过去查看究竟，火堆已渐渐熄灭，沙地上，烧过的灰烬像一张张鬼脸。吴志山拎着一盏马灯，身上穿着数条破衣服捆绑成的袍子，脸被涂成黑黑一团，他左手提着马灯，右手拎着一个圆滚滚的石块，沿着沙滩一圈又一圈折返来去，马灯在沙滩上来回窜。睡不着的年轻人觉得诡异了，相约打着手电筒去探看个究竟，当他们走近，马灯已灭。吴志山拖着长袍走在沙滩上，他的手上还提着一个圆如人头的东西，年轻人吓得惊叫不止，连忙赶回帐篷处，连夜划着小船离开。

吴志山的时间多，那些年轻人既然要来，他只好慢慢地花时间陪他们玩，他变换各种花样，把那些人吓得尿裤子。第二天，鬼岛遇鬼的消息，已经在岸上的年轻人那里口口相传。有人说，那老人是鬼岛上的巡逻者，他白天为人，晚上则是为鬼岛的生死门守夜，他要一直在岛上把这份工作做下去，直到另一个人在岛上死去，代替了他的工作，他才能去往生投胎——谁愿意当这个老头的接班人呢？涌来岛上的年轻人，便开始减少，终于又回到了他一个人的状态。吴志山暗暗自得，我找不到鬼，把自己活成了鬼，倒也不错。在岛上，他又看到了坡马的出入，它们又是一闪而过，在沙地上飞驰，有时则唰一下消失在一棵草的后面。当然，他也见过特别胆子大的，就直愣愣地抬起头，望着吴志山，像是它的一个熟人。吴志山也看着它，看到了它身上棕黄色的斑点，在夕阳的光线下显得无比庄严。吴志山往旁边一看，从不作声的阿黄，也在旁边看着他和那只坡马。

一人、一狗、一坡马，互相对望，一言不发。

岛上老鼠很多，和岸上的老鼠也很不一样，这里的老鼠肥硕得很，像肿胀起来的一节藕。吴志山刚上岛的时候，不胜其扰。每次煮好的饭与菜，盖在锅里，出去一趟回来，已经被翻过了一遍。这些老鼠也不怕人，看到他回来，还直直地看着他，缓缓走出去，拖着那一尺长的尾巴，像在向吴志山炫耀，好像它们才是岛的主人。吴志山追过去，它们唰唰唰立即散开，有的还会爬到树上，在树枝那里悬挂着，并不着急着逃走。吴志山也就放弃了追捕。他曾想过买来一些老鼠药害一害，后来放弃了这念头。他每次煮吃的，除了喂狗的，也撒一些在墙角那里，养一养那些随时出没的老鼠。有时忘了撒，回来锅盖又被再次翻开，饭菜少了一半，吴志山也不在乎，把饭盛到碗里就吃，他觉得岛上的老鼠比岸上的干净，吃了也没啥。

岛上最不受欢迎的，是蚊子。这里的蚊子也跟老鼠一样，比一般的蚊子肥大。夏日闷热潮湿之时，这里的蚊子简直组成了集团军，进行轮番轰炸。吴志山也阻挡不住这些进攻，也曾挂过蚊帐，后来总算是练出一身硬而厚的皮肤，才不怕这蚊子的叮咬——蚊子咬在身上，他也不觉得痒。

他还在岛上发现过一个巨大的蜂窝，他冒着被蜜蜂围攻的危险，去取过那块蜜。岛上有野花，可对需要酿蜜的蜜蜂来讲，数量应该并不算太多，蜜蜂到底为什么会把巢筑在那棵木麻黄树上？它们还会飞过海面，回到岸上的花丛里采蜜吗？他裹紧几层衣服，爬到那棵树上，摘下了一块蜂蜜——他并没有把蜂蜜取完，留了一块给那群混乱的蜂。虽然还是被叮咬得浑身包，可他尝到了他这辈子吃过的最甜的东西。他把吃剩的装到一个罐子里，陆陆续续泡水喝，一直吃了大半年。吃完之后，他再去那棵树寻找，发现蜂巢早已不在，蜜蜂已经集体离开了。

二三月，是小岛上风光最美的时候，此时春光流溢，万物勃发。这时的海水是平静的，波浪微小，水也极其清澈，站在岸边，可以看到海水之下的游鱼和海菜。吴志山有时在水中游泳，有时则划着自己的小竹排。水面可以看到水底，又可倒映天空，竹排像飞上了半空。这是吴志山一年中最安逸的季节了。此时也是抓墨鱼最好的季节，可他常常忘了抓墨鱼，而是划着竹排，绕着小岛转了一圈又一圈。这个季节，他喝酒最少，他的心胸在整个季节全被打开，填满无数的海风与天空，填满无数蔚蓝之色，也就不再需要那么多酒来充塞。

某一年，他在岛中央的一个斜坡那里，看到了那株巨大的野菠萝。这野菠萝他早就看到了，却从没认真地打量过。等他走近，看到这野菠萝长得飞扬跋扈极其嚣张，好像它还能长得更大，好像它有一天，能够把整个小岛覆盖住。吴志山躺到这株野菠萝下,睡了一个甜美的午觉。午后,他立即拎来自己的锄头,在那株野菠萝的旁边,开挖一个洞。那是沙与泥混合的地,他不断把洞口挖深,直到自己可以躺进去。之后,他还陆续找来一些木板、木棍,从洞里撑开、顶住,把那里变成了一间可以住人的暗房。

他把洞越挖越大,下雨了,雨水会灌进洞里,他上岸找来几根长竹子,打通竹节,变为排水管,可以把水引到斜坡的低处。他还给整个洞建了一扇门,把门拉上,堆上沙土和杂草,外头便完全看不出里面暗藏玄机。有一年,台风巨大,一开始便把他的屋顶掀了,他无处可躲,上岸也来不及了,他便躲到这个洞里,在漆黑之中,熬过了两天三夜的暴风雨。平时,他并不住在这里,但他有时会过来瞧瞧,看洞穴是不是还完好。在他的计划里,要是哪一天,知道自己快要不行,即将死去,他会提前钻进洞穴里,把门拉上,便是他的坟墓了。在他看来,这株巨大的野菠萝,长在岛上风水最好的地方,他能葬在这里,也是难得的福气。

——一想到那越长越大的野菠萝,成为了他吴志山的墓碑,他就恨不得马上死。

来客

假如小岛上有淡水，假如小岛上可以种植出水稻，可能吴志山可以做到永不上岸，把自己囚禁于这个孤岛之上。吴志山有一天望着海水的时候，忽然想到，自到英德监狱坐牢开始，自己就成为了一个永远的囚徒，只不过在监狱里，自己是被动囚禁起来的；而上岛，恨不得与全世界隔绝，是自己选的。他离岛上岸、取水卖鱼，仅仅是换取一些缺少不得的东西，并不和他人产生情感的联系——他害怕情感的联系，他躲避着那些还与自己有着血脉关系的族人。他曾试图在岛上挖出一口淡水井来，以减少他上岸的次数。他立即就挖了，他一共寻了五六个取水点，深挖下去，沙子扫掉之后，露出底下的礁石，深挖，终于出水了，用手一捧，舌尖一舔，仍旧是咸的——小岛底下所有的水，都与大海相连。要想减少到岸上取水的频率，他唯一能做的，就是用来装水的缸要大一些，雨天之时，可以多接一些水。

但也会有一些人，以各种方式，来到这座岛上，打乱他的节奏——比如说，上岛多年以后，他遇到的那些抓坡马的年轻人、那些拿着帐篷和背包来过夜的年轻人。当然，还有那些漂来的尸体。而那么多年里，唯一一个在岛上跟他住过一个月的，是一个叫林海的人。那已经是他上岛十八九年的时候了，有一日，他从岸上回来，发现自家屋子的门外，睡着一个人，他心里涌起一股烦躁。他再一看屋内，出门前煮好的饭菜，已经被一扫而光，看来被眼前这人吃掉了。吴志山抬腿踢踢那人，那人翻了一个身，蹦跳了起来，满脸惊恐：“不好意思，不好意思，你是这家的主人吗？我把你的东西全吃了，不好意思，我饿了好多天。”吴志山当过兵也蹲过监狱，见过不同地方的人，这人口音，不像是本地人，甚至也不像是海南岛上的人。吴志山招手让他侧侧身，进入了屋内。

那人说：“我问你一下，我能在这岛上住吗？”吴志山扭身，冷冷道：“这是鬼岛，到处是鬼，你还要住？”那人苦笑:“鬼比人好, 跟鬼住在一起, 不是很好吗？”吴志山说:“这岛，你不能住，哪里来的你回哪里去。”那人拍拍身上的沙子：“我知道的，你肯定不想别人打扰你，没事，我住得离你远远的，我就是躲一躲，过一段时间就走。我没地方去了，出去被人找到，就打死我了。”吴志山说：“有人为难你？”那人脸顿时阴下来，点点头：“我就住一段，我不会一直住下去的，想好要去哪了，我就走。我吃了你的饭，你有什么活儿，我帮你做好不好？我不会白吃你的饭。”当时，吴志山养的最后那只狗，刚被人上岛找到、打死，他正处于一个比较苦闷的阶段，拒绝的话也说不出来。他开始打量那个人，二十几岁的年龄，肤色白皙，衣裤却脏得很，可他竟戴着一副厚厚的眼镜，文里文气的，像是读过几年书的人。

那人就跟着吴志山一起，住在岛上，吴志山下海撒网，他就跟在一旁帮手。刚开始，他并不敢下海太深，几天之后，他水性有了些进步，也摸透了这一带海水的习性，就越下越深，能捞到的鱼虾就更肥大一些。有时他还让吴志山坐在岸上，他下去即可，他在水中游啊荡啊，不像在干活，更像在玩乐。在岸上，他也不让吴志山生火做饭，他自己包揽了所有的活儿。吴志山看着这个年轻人，不时也会出神，要是自己的儿子还活着，也是眼前这个年龄了吧？一想到这，那些已变得遥远的记忆，就在此时翻滚出来。不可否认的是，确实过去太多年了，他已经完全记不清儿子的样子了，甚至连父亲、母亲、“妻子”陈爱珍和阿荣，也全忘了，没一个人还能面目清晰地出现——即使看着水面，看着那倒影中摇晃的自己，又何尝不是一个面目全非的陌生人？这年轻人手艺很杂，会变换出各种花样来，把鱼虾蟹弄出各种吃法。在他的帮手之下，吴志山的渔获比以往要多得多，吴志山卖掉这些鱼虾，他也没有要一起分的意思。夜里海风大，那年轻人自去寻找一处背风的地方睡去了，吴志山劝他也睡到房内，他不肯，吴志山也就任由他了。

年轻人告诉吴志山，他叫林海，叫他阿海就行。住了几日之后，在一次两人对饮的时候，这林海也把他如何到这里的事，告诉了吴志山。林海是福建人，前几年刚从一个大学毕业，便前来海南“闯海”——此前海南岛已经从广东省管辖之内独立出来，升格为海南省。吴志山这两三年上岸之时，也听人说过这些事，但这些变化跟自己有什么关系呢？要说有关系，那也是当年自己劳改的那个英德监狱，已经跟海南没什么关系了，现在，在海南犯事，不会再越过琼州海峡，押往英德监狱了吧？海南建省初期，一切都风起云涌的，机会多，林海也是在朋友的带领下，一路颠簸，经过漫长的陆路之后，乘轮渡经过琼州海峡，来到了海口。海口当时一片风云激荡，外来人很多，满大街都是找事干的人，要寻找到一份活儿并不容易。林海乱七八糟的事做了不少，总是摸不着门路，混得也比较狼狈。他后来是通过一个朋友介绍，赚到自己第一笔“大钱”的。那个朋友把他引荐给一个大老板，说那大老板正在做一个房地产项目，需要找人写规划书、做文案，那朋友觉得林海有点文采，便介绍给那老板。那老板安排了一个饭局之后，就叫人驱车前往海口相邻的一个县。下车之后，那老板指着眼前一片阔大无比的地，对林海说：“这片地，全是我的，大概的图，我一会儿给你，你如果能在两天之内，搞出一个策划方案来，我给你一万块钱。你要不要试试看？”已经穷途末路的林海，哪敢想过这种天上掉馅饼的事，头点得几乎要扭下来。老板把一张简单的地形图给了林海，就安排林海在一个小旅馆里写策划书。林海几乎把自己大学里看到的各种杂书的各种怪想法都塞了进去，在他的策划里，这块地被划分为十二个区域，分别以十二星座命名，每一个区域侧重不同的功能——反正，林海几乎是以一个文学爱好者写小说的想象力，在写这份策划书的。他连熬两夜，完成这份稿子的时候，自己再翻看，都觉得很荒诞。他认为自己的活儿白干了，哪个傻子会花一万块钱买这么个破东西？他沮丧着把这个策划案交给老板，谁料那老板惊喜不已，当场数钱给了林海。林海接过那捆钱的时候，手是发抖的。那老板最后又多付了一千块，说他连续赶工，辛苦，去找个好地方休息休息。林海颤抖着说："太多了，太多了……"那老板说："别这么说，这是你的辛苦钱，你该得的。读书人也得有读书人的价值。这规划，让我想一年也想不出来。"林海当时觉得自己已经成了一个超级暴发户，花两天就赚了一万一千块钱。他也是后来才知道，其实那块地，根本不是属于那个老板，而是当地县政府的地，当地正在广为招标，需要有一个好的方案，来把那块地建起来。那老板拿着林海写的策划书，滔滔不绝地跟当地政府谈，竟然空手把那块地拿了下来。事情本来到这里要告一段落的，林海拿到自己的报酬，那老板拿着策划书拿下那块地的开发权，地方政府引进了一个富有想象力的建设方案……可谓多赢。事情发生变化，则是之后的事。那老板当时有个文秘，一直负责与林海接洽，安排他写稿期间的吃住，之后就有了联系。林海拿到那笔钱之后，那文秘对林海表现出了她的爱意，说她看中林海，说他是一个有才华的人，她愿意跟他交往。当时的大特区，每个人都雷厉风行，连表白也毫不婉转，林海却有些犹豫了。他单身在海南岛也混了不少时日，哪里像今天这么风光过，手头拿着钱，还有女的表白心迹。他有些心动，毕竟，这女的长得颇有姿色，她穿着最时尚的衣服，戴着最闪亮的首饰，她的眼睛不仅会说话，还会唱歌，瞥你一眼的时候，让你耳边回响起某种惹人心乱的呻吟。林海的担心在于，他总觉得，这女的跟那老板关系不一般，若只是一般员工倒也罢了，若她本来就是那老板的女人，自己刚赚了这老板一笔大钱，还顺便把人家的女人带走，这也太令人不齿了。他给自己重新租了一间好的房子，浑身上下变了一个人似的，英姿飒爽。换房子的事，他没跟那女的讲，可她还是找了过来。那是一个夜里，天热得很，那女的穿着暴露，还顺手给林海拎着一个冰冻过的椰子。一到林海房里，她就帮忙收拾屋子，林海涌起一股暖意，孤身在外打拼，他何尝享受过这种待遇？在她回头向他一笑的时候，他彻底投降，两人当即便在热腾腾的夏夜里，恨不得把对方焚烧成灰烬。这一步跨过去之后，林海知道有些事躲避不了了，开始问出他心里最大的疑虑："你要跟我在一起，你老板那边怎么办？"她从他怀里，抬起湿漉漉的脸："我离开他。我早就想离开那个变态佬了，遇到你，给了我很大的勇气。"林海说："那他，会不会要追着我们……"她说："我们不留在海口了，去三亚好不好？那边离得远一些，凭你的本事，还怕我们会饿死吗？"林海当时也是豪情塞满脑子，浑身激情四射，推倒她，又索要了一回。两人很快便到三亚去了，两人靠着用不完的力气，在四处火热的开发热潮中，倒也过得不错，两人也到了谈婚论嫁的地步。可很快地，那老板的人找到了两人，交给了女的一封信，她看完之后，流着眼泪，跟林海说着对不起，便随着来人走了。林海当时彻底崩溃了，他所有对未来的规划，全被一张纸打破了。他红着脸回到海口，发现那个老板拿下那块地后，迅速成立了一个新公司，产业越来越大。林海多次想方设法打听那女的，却惹了很多麻烦，不仅所有赚来的钱被偷，还时不时地在混乱的地方，被一些人揍得鼻青脸肿。后来，是那个当初给他介绍认识那老板的朋友找到了他：“林海，你啊，不讲道义，赚人家的钱，还拐走人家的女人。如果不是看着我的面子，如果不是因为你的那策划书让他翻了身，你早被人家砍成肉泥了。你也知道，现在一片乱哄哄的，死你一个没人知道的家伙，就是屁大的事。你怎么还不知悔改呢？天天去打听她？”林海说：“我和她真心的，为什么不行？”那朋友说：“真心？是啊，如果不是真心，你他妈早被砍死了。那老板给她写了一封信，说了，如果她不回去，你就得死。她回去了，是为了你好，能不真心吗？”林海绝望得痛哭出来。那朋友长叹一声：“她回去了，多好，跟着你，现在什么都没有，不是带着人家吃苦？你愿意你喜欢的人，跟着你吃苦？听兄弟的，忘了这事，重新振作，赚到钱了，什么都来了。”林海只好压着自己的心，找到一个广告公司，担任文案策划去了，就在他快要把一切熬过去的时候，在一个房地产推销会上，他再次见到了她，她一袭长裙光彩照人，正在介绍着未来十二星座之城的即将闪亮登场，成为海南岛上一个地标性的存在。林海忍不住在会议茶歇期间，跟她打了一个招呼，她对他苦笑，没说什么话。而就在当天，林海接到了广告公司辞掉他的通知，回到出租的房子时，他发现自己房间已经被人冲进去打砸得凌乱不堪，他当天就被房东给赶了出去。房东说："你行行好，离开吧，你不走，我的房子人家都要烧了。人家还有一句话让我转给你，你马上离开海南岛，你不走，到时可说不准会出什么事……"他走投无路，再次去找了那个朋友，吃了闭门羹。他本来想拿着身上仅剩的钱，买回内地的票，却在最后的时刻，放弃了。他离开海口，一路向西，做着各种杂活，养活自己，有一日听说了这个岛，他找来两块木板，捆绑一起，就划了过来，把吴志山留在锅里的饭一扫而空……

"因为女的落到这步田地啊？"话一落地，吴志山也摇头苦笑，他猛地想到，自己因为没满足阿荣变成这个鬼样子，这小伙子则是满足了女的，变成这样子……看来，无论怎么样，只要被女的盯上了，都是一身狼狈啊。他说："你躲到这里，是躲避那老板追杀你？"林海点点头："我还没想好。

我辛辛苦苦下海，不想现在狼狈不堪地回老家去，我得赚够钱，重新起家。我需要一个地方想清楚以后要做什么。”吴志山有些同情眼前的这个小伙子了，他说：“你待一待，想清楚就走，我不喜欢别人住在这岛上。其实，你那不算事，有空时候，我也给你讲讲我的故事吧。”后来，林海断断续续听到了吴志山的故事。吴志山讲得若无其事，林海却听得涕泪横流。几天之后，吴志山把自己的屋子让给林海住，自己住到那个挖好的坟坑里。林海推辞：“不能占用你的床，要住坟坑，也是我去住。”吴志山正色道：“那是我自己才能进去的地方，别人不能去。你也不能去看，那是我的秘密。”吴志山一个闪身，消失在小岛中央。

林海在岛上住了四十多天才离开。离开之前，林海哭了一阵，感谢吴志山对他的接纳与招待，他在这里，重新活了过来。吴志山划着竹排，把他送离小岛。在转身离开的时候，林海说：“老吴，这些天住在你的房子里，我立一个誓，若是有一天，我有点人样了，一定回来找你，到时你要是还住在岛上，我在岛上给你盖一间房子。”吴志山挥挥手：“走吧，走吧。别来了。”

吴志山把林海的话，当成了一阵风。没想到，过了十几年后，就在吴志山都快要忘了这个人的时候，渐渐成为一个中年人的林海，带着三个人，到岛上找到了他。林海紧紧抱着吴志山，说他前来兑现他的诺言。林海穿着整齐的西装，人也比当年要壮硕得多。那三个人，有他的手下，也有他找来的监工。林海开门见山，让那些人立即测算好，在小岛之上盖一间大房子，要多少钱。吴志山推辞好久，说住不惯水泥房子什么的，也推不掉，最后只好说："我一个人，住不了太大，还有，岛上每年台风大，房子大了，容易损坏。修一间小小的，能帮我挡挡风就行……现在身子骨老了，确实挡不住冻了。"监工立即在岛上考察合适的地基，也是认为岛中央沙地居多，修大房子不牢靠，修个十来平便足够了。林海说："太小了，太小了。"吴志山说："大了，太大了。"

林海行色匆匆，跟下面的人安排妥当，立即跟吴志山告别，留下了他买来的一箱酒和不少吃的。吴志山没想到，十几年前的一句话，今天还能兑现，眼眶有些湿。送林海离开的时候，吴志山说："你的情意，我收下了，我一无所有的人，没什么可以还给你，就有一个请求，到时房子建好，你让人在门上写两句话，我好记得这份情。”林海也有些哽咽。那三个人便在岛上测量、规划了起来。第二天开始，便有小船不断往岛上运水泥、砖块、钢筋和沙子。沙子岛上也有，但海沙盐分高，会把钢筋腐蚀掉，不能用以建房，所有建房用的沙子，都是林海专门叮嘱的河沙。之后岛上也来了五六个工人，开始挖地基施工，那间小小的钢筋水泥房，也前后花了二十多天才建好。

那二十多天里，吴志山内心很复杂，他从没想到有一天能在岛上住上这么一间钢筋水泥平顶房，虽然简陋，但比自己用石块堆起来的四处漏风的房子，那是要舒服多了。可那些工人忙来忙去，他心里也烦躁不安。所有吃的喝的，都是他们带来的，吴志山下海捞到鱼虾什么的，煮些鱼汤给他们喝。他们便对吴志山笑笑，邀请吴志山一块儿，吴志山只是摇头，觉得太过嘈杂。房子落成最后一天，有一个工人用美术字，在门墙上刷出的水泥框里，刻下林海提前拟好的纪念文字，那是一副对联：

半生心事秋凉春暖愁岁月

永世恩情林秀风清忆海天

下联里塞进“林海”二字，既表达了吴志山的感谢，也记下了林海的恩情；门槛上还有“守岛老人”四字横批。吴志山懂得一些文字，对那对联里的意思半懂不懂，可他仍旧感觉到了那里面，有着一些穿透时光的恩情在。对联刻完之后，他们给吴志山留下一支毛笔、一瓶蓝漆，让吴志山等水泥干了以后，自己刷涂上去。几个工人也替吴志山高兴，在门口点燃一串鞭炮，噼里啪啦，算是举行了一个进宅的仪式。他们走之前，还递给吴志山一个小包，说那是林海留给他的一份东西。人全部走空之后，吴志山有些恍惚，他有点不确信一段时间以来，真的有人在这小岛上，建起了这么一间小房子。吴志山打开那个包裹：一张纸包着的几百块钱、一台收音机。那台可以放电池的收音机，后来慢慢地成为了他打发时间的最佳玩具，岛外喧闹的消息传来，他静静地听着，只有声音，看不到说话的人，一种远近适宜的安全感。那几百块钱，他一直收着，作为对这个岛外来客的纪念。

林海派人建好的这栋房子，后来抵御住了很多场台风，那专门加固过的门窗，让他即使在暴风雨之时，仍旧能有一个安稳的睡眠。2003 年之后，博济村里的族人，已经知道了吴志山居住在岛上的事，他们偶尔会到岛上看望吴志山，给他带点吃的和淡水。后来 2014 年的那场史无前例的台风吹过，族人强行上岛，把他扭上岸去，才使得他活过那场台风。这场十八级台风中，这栋房子还是挡不住被撕裂了，地基的沙子跟石头整个被风掀开、被雨冲走。最后，房子被硬生生从门框那里，断裂成了两半，没法再居住了。风暴过后，他再次上岛，看到不仅牢固的小房子坏了，连他挖在那棵巨大的野菠萝后面的洞穴也崩塌了。对于没能死在这场风暴里，吴志山有些耿耿于怀——年老的他，已经抵挡不住族人“热情的关怀”和有力的手臂了。

砸碑

吴志山一直把这座岛叫“鬼岛”或“小岛”，或者干脆只有一个字——岛。他从没想到，有一天，会有人到这个岛上来，给这个小岛命名。这命名也打掉了他给自己设下的屏障，打乱了他自以为安稳的岛上日子。毫无时间感的吴志山，却把那个时间记得很清楚。2003 年，那是七月底的时候，岛上匆匆来了几个人，沿着小岛走了一圈，他们扛着测绘仪器，在岛上各个边缘开始了测量。吴志山心里涌起一股慌乱，走近一看。戴着帽子的一个人问他："你住在岛上？"吴志山想了想，点点头。那人又说："就你一个人？"吴志山又点点头。那人又问："你户口在哪里？博济村吗？"吴志山又想了想："没有户口。"那人喃喃自语："这应该是无人岛吧？"吴志山顿时就来气了："无人岛？什么无人岛？我这不是人吗？我是鬼吗？"那人不管他的生气与否："听说这里叫鬼岛，都说没人住在这里呢，我们要来给取一个好的名字。"吴志山扭头走开，远远地看着那些人扛着设备在岛上乱串。他们忙了一天，就回岸上去了。

过了几天，又从岸上来了几个人，他们没有把船停靠在与博济村相对的小岛南边，而是直接把船开到了西边，搁浅在沙滩上，下来两个干部模样的人，指挥着四个工人，从船上抬下一块石碑来。吴志山心中有些堵，却也忍不住围过去看。几人把石碑抬到岛上，两个干部随手一指：“就在那，那里就很好。”有两个工人，立即返回小船上拿下来锄头，开始挖坑。吴志山问：“你们这是做什么？”领头那干部肚子不大，脸却很圆，他说:“哦，老人家哦，我听说了，你是住在这岛上的？”吴志山不回答他，还是问：“这是要埋什么？岛上要干吗了？”圆脸说：“这是刻着岛名的石碑，我们国家前不久刚发布了关于加强无人岛管理的规定，这里是无人岛，我们县政府来立一块碑，以后啊，这岛我们会规范化管理。搞不好还要开发呢……”吴志山一听什么“开发”，头都炸开了：“什么无人岛，我都住了三十年了……还有，什么开发？要开发做什么？”圆脸笑了：“你住那么久了？那你算熬出头了，改天要是开发了，这里热闹了，你就赚到钱了。”他们不再理会吴志山，自顾把石碑埋下，还取出相机，拍了几张照，就上船走了。船走远之后，吴志山还是没能从震惊他的“开发”两个字里走出来，他没法想象这里人来人往的样子。他开始看石碑上的文字：

火牌岛（HuoPai Dao），曾用名火牌屿、红岛，该岛位于某某县某某镇海域，北纬某某度，东经某某度，距离海岸线某某米，该岛长某某米，宽某某米。

某某县政府 2003 年立

看来，这岛现在不叫小岛，更不是什么鬼岛了，应该叫它“火牌岛”了。吴志山浑身不自在起来，在他看来，眼前这块石碑，不是一块石碑，更像是一双眼睛，圆滚滚地注视着，他好像无论怎么躲避，都会被那雷达似的眼睛搜索、定位。一种未知的恐惧，从吴志山内心涌现出来。这么多年，他有过各种绝望，但出现这种恐惧，还是第一次。他感觉好像自己躲避那么多年的孤岛生涯，再也进行不下去了。他跑到自家房子里，拎来锄头，对着刚刚埋下的石碑就挖起来。沙土尚未埋硬，石碑的基座很快露出，继续再挖，石碑或许便会倒下。吴志山却停下来了，他缓缓地把沙土覆盖回，他感觉到了，那双紧紧盯着他的巨大眼睛，并没有藏在这块石碑里，而藏在更远处——他永远没法抓到，却知道它的存在。

幸好，只是埋下石碑，好长时间里，并没有关于小岛会开发利用的消息传来。倒是埋下石碑三天后的早上，吴志山躲避了多年的族人，来到岛上，找到了他。那是一位吴志山族里的堂兄，他带着两位儿子，划着船就来了。当时吴志山正在缝补渔网，三人也没绕弯，直接走了过来，走在前面那位,正是他的堂兄。那堂兄数十年没见过吴志山,吴志山却偶尔会在途经博济村时见到他，吴志山对他并不陌生。此时在岛上见到，吴志山有些吃惊，他知道，随着岛上石碑的埋下，一切都失控了。

堂兄瞪着他看了好久，总算是认了出来，高喊一声："阿山……"痛哭流涕，再也说不出话来。这位堂兄比吴志山年纪还要大一些，却没有吴志山那么黑瘦，他紧紧地抓住吴志山的手，哭得腰都弯了。吴志山数十年在离博济村不远的地方躲着，让所有的族人都以为他已经死掉，他心如死灰地看着，好像这一切与自己无关。此时，他们终于找来了。后来，吴志山才知道，族人原先也听说过鬼岛上有人住着，却因为那地方不祥，从没想到会是自家失踪多年的兄弟。一直到政府到岛上埋下岛碑，博济村的人才觉得这个小岛没传言中的那么可怕，根据来过岛上的人的描述，族人抱着试试看的想法，来探探是不是吴志山住在岛上。堂兄的痛哭，让吴志山有些尴尬，这些年他历经太多痛苦之事，早已把世事看得很淡，对着涌来的亲情表达，有些反应不过来。跟在堂兄背后的他的两个儿子，已经是中年人了，也一个劲地抹眼泪。

无论吴志山怎么拒绝，在那天，他们还是把吴志山拉回了博济村，在村里杀鸡宰鹅，到祖屋祭了祖先。村人也都轰动了，有些胆子大的，到院子外看热闹，更多的，则远远围观着，不敢靠近这岛上的怪人。吃的喝的很多，人情很是热络，人多口杂，吴志山感到脑子一阵阵发昏。午饭后，他要求要立即上岛，堂兄家人全都来劝说，说你都住在岛上几十年了，还差这一个晚上？几十年没回家了，怎么能没住一晚？堂兄绷着脸说："现在不能回，你还得跟我去一个地方。"他招呼两个粗壮的儿子拎起锄头，就出门了。吴志山只能跟着，来到了他父亲、母亲以及"自己"的坟墓旁。下午的日光仍旧强烈，堂兄涕泪横流："当年你爸过世，我们忙着草草葬下。后来一直没见过你，以为你也没了，给你立了这么一个空墓。今天，你回来了，得把它砸了。”他一挥手，两个儿子挥舞锄头，乒乒乓乓，墓碑被砸了，吴志山的坟墓也被扫平了。

吴志山跪倒在父亲母亲的墓前，一直没有抬头。

族人到岛上认了吴志山之后，召集在一起开了个会，各人筹集了一些钱，把吴志山那间早就朽败、只剩下地基的房子重新挖起，修建了一间平顶房，让吴志山回来住。架不住族人的热情，房子刚修好之时，他确实也搬回来住了几天，最后还是抵不住各种怪异的眼光，重新上岛了。在村里，一闭上眼睛，就是各种嘈杂的声音在耳边嗡嗡嗡嗡嗡，他把耳朵都堵塞起来了，噪声还是挥之不去。他也尝试着去融入村子里，可那些小孩子，一看到他都往后面躲；有些老人，就更不敢靠近了，都在传说他是从鬼岛来的，身上带着鬼气，走近的话，人的活气都被吸走了。最后，他甚至听到了有人说，有人养的鸡从他门口走过，被他瞧了两眼，后来全得了瘟疫死了。最重要的是，在听到村人的这种议论之后，族人也不像起先那么热情了，最初的热络过去之后，也便有了些冷眼。吴志山知道不能再待下去了，他立即收拾东西，准备回岛上。族人当然是一番挽留，吴志山说：“要真想帮我，你们倒是可以隔几天，帮我送一些淡水到岛上，顺便帮我把捞到的鱼虾卖了。我现在手脚不便，跑不动了。”他的建议被采纳了，族里几个年轻人，轮流着，每隔四五天，给他送水帮他卖鱼一次。吴志山反而比之前，待在岛上的时间更久了。

那之后，每年除夕之夜，吴志山回村里过一晚，大年初一便会登岛。另外，台风大的时候，吴志山也会被族里的年轻人架着，到岸上的房子里躲一躲。

吴志山最没想到会来岛上看他的人，是她。那时他刚刚沿着自己挖下的鱼塘上走下来，就看到了有一艘小船，靠近了小岛停下。划船的是博济村的一个青年，船上下来了一个颤颤巍巍的女人，腿脚有些不灵便。由于隔得太远，他没怎么看清楚，只是不自觉感慨，怎么什么人都来这里？他朝自己的住所走去，却听到了有人在身后喊：“志山，志山……”吴志山有些愣，那人竟喊他名字？难道是专门来看他的？他转身，看着那妇人越走越近，他禁不住浑身发抖起来。眼前这妇人也快七十了，穿着一身灰色的衣裤，头发绾到头上，基本上全白了，脸上皱纹很多，像丢了石块的水面。吴志山如遭电击，眼前的妇人确实有些陌生，却在陌生当中有一些熟悉。

她左手拎着一个袋子，走得并不快，吴志山只能等着她走近。他终于确认了，来的人是陈爱珍——他很多很多年没见过的陈爱珍。上岛之前，他偷偷去见过她，那已经是三十多年前了吧？漫长的岛上岁月里，吴志山幻想过很多画面，却从没敢想过陈爱珍上岛。走近之后，陈爱珍辨认了好久，才敢把眼前这个人，跟四十多年前那个英姿飒爽穿着军装的青年联系起来——当然，她记忆里的吴志山早就模糊了，可那年轻的姿态是在的，绝对不是眼前这个样子。此时的吴志山，像一只烧焦了的大虾，腰有些弓了，瘦小的脸上，已经完全找不到当年的任何一点影子。两个被时间隔开数十年的人，就呆呆地望着。

猛地，她想起什么似的，把手中的袋子递过去："我给你买了两套衣服。"吴志山不知道要不要接。她又说："我有一次到博济村，听到人说你这些年就住在这座岛上，今天就来看看你。”吴志山转身，在前面走，来到了林海给他建好的那栋小房子面前。

陈爱珍也对着门口那副对联默念了许久。吴志山说:“岛上就这样，没什么地方坐。”陈爱珍也不再说话了，她把装衣服的袋子放在门边，走进小房子里，开始打扫，不一会儿，清扫出一大堆的垃圾。她把吴志山随便用几块木板搭建起来的木板床也收拾了一下，每一次抖开被子和草席，便有一阵阵腥臭的风，从屋子里涌出。她把吴志山的破棉被叠整齐，又默默地帮吴志山刷起锅来，吴志山想阻止的，却什么话都说不出。有几秒钟，他曾有幻觉，好像眼前的这一切，接上了几十年前的日子，好像他们这些年从未断过联系——这幻觉瞬间就消逝了。陈爱珍还生了火，开始做饭，火光照在她的脸上。他觉得有些沮丧，好像自己最颓败、悲惨的一面，全都在她面前展示，他甚至有些动怒，她凭什么要突然上这里来看他？是可怜他吗？她是想来看看他有多惨吗？……

把饭菜烧好之后，她站起身，自己绕着岛中央的沙地走了一圈，跟吴志山招招手：“回去了。”吴志山觉得眼前的这一切太过诡异，堵在胸口的怒火还是发泄不出来，更不清楚她到来又迅速离去，到底是什么意思。陈爱珍说:“饭菜好了，你吃吧。我回去了。”她没有留给吴志山挥手告别的机会，加快步子就朝那艘仍旧停靠在岸边的小船走去，小船上的那个年轻人，一直还在等着。吴志山没有跟上去，眼睁睁看着她登船离去。胸口更闷了，冒出的怒火没有发泄出来，全堵死在胸口里了。后来的几天之内，吴志山都觉得这一切并不真实，可她买来的那两套衣服，却摆在自己面前。

——那两套衣服，他试了试，宽大了一些，却也是可以穿的。

新衣

政府立下岛碑之后，吴志山在岛上又过了十余年安然的日子，说是要开发，但毕竟在这十几年里，开发并未到来。而最近，吴志山已经越来越感觉到了，这座岛已经慢慢地，要变化成另外一种模样了。最早，是小岛对面的岸上，有港口在建设，有些船便开到鬼岛来，下来一些人，抱起石头便装到船上。吴志山拎着锄头就冲过去，那些人吓得逃开了。有人在船上喊起来：“老人家，这是无人岛，这石头不是你家的。我们这是要建设港口，来这里运石头，你不能阻拦。”吴志山高声喊道：“我不管你们建什么港口，你说这是无人岛，我不是人？”那群人犹豫了许久，给上面的人打了电话。便有几个人冲了下来，眼疾手快，抢去吴志山手中的锄头，两人架住吴志山的手，其他人便立刻开工了。一群人把石头往船上搬，没一会儿，那艘船装着石头离开了。两个年轻人不断劝吴志山：“我们这是公家的活儿，你反对也没用。”吴志山挣扎不动，颓然落泪：“你们这是祸害，你们这么把石头挖走，这小岛就全完了，海浪一冲，沙子全冲走了……我要把你们的船给炸了。”

一天之内，运走了三船石头，那些人觉得手工太慢，还联系了挖土机，准备用一艘大船把挖土机运到岛上来，用那个开挖，省工省力。第三天，挖掘机就运到了岛上，开始疯狂地采挖，吴志山堆起来的鱼塘护堤，也被一铲一铲地挖走。吴志山眼看着这一切，觉得自己回天无力了，不吃不喝。两天后，族里的一个侄孙给他送来淡水，他已经把自己饿得奄奄一息，侄孙吓得又是掐又是喊。吴志山说：“你别忙了，他们要把这个岛挖了，我也不想活了。反正我也活腻了，你们给我把那套衣服拿来，我要换上，我要去那洞里了。”

侄孙说：“阿公，你乱说什么，说什么死不死？你好好听我话，我想办法让他们挖不成。”吴志山说：“你有什么办法？”侄孙说：“阿公，你坐好，我煮点吃的给你。要是不能让他们停工，我亲自来送你进洞。”在挖掘机轰轰隆隆的白天里，吴志山感觉那每一挖，都是砸在自己的胸口，小岛边缘所覆盖的石块，渐渐往内侵蚀。每一天挖走的石头，都不计其数。吴志山根本没法静下心来做任何事情，他恨不得自己浑身就是一个炸弹，冲上去同归于尽。工人夜里休工，挖掘机没开回去，就停在岛上，吴志山悄悄走过去，想砸坏这辆车，可石块丢上去，除了发出乒乓的声音，没有任何作用。这有着巨大铁手的机器，让吴志山无能为力。他用力推了一个小时，哪能推得动一分一毫呢？他沮丧地坐在挖掘机的铁手下，希望那只铁手举起，砸落在自己身上。

可吴志山的侄孙做到了。大概四五天之后，有一批人急匆匆来到岛上，拍了照片就走了。很快地，大船开来，把挖掘机运走了。吴志山走到被挖了好几天石块的地方，那里像一个巨大的伤口，吴志山的无助感再次袭来。他一辈子没能照看好家里任何一个人，连自己也过成了鬼，现在连这个自己寄身的孤岛也饱受欺凌，而自己无能为力。挖掘机撤走当天，侄孙便来到岛上，递给他一张报纸，其中有一条新闻的标题为《某公司到某县某岛挖掘石头，生态环境破坏严重》。吴志山才知道，侄孙给报纸爆了料，发去了一些手机拍摄的照片，有记者前来采访、证实之后，刊登到了报纸上，县里领导大为光火，下令那个修建港口的建筑公司立即停工接受整顿。

这一次挖掘事件后，吴志山元气大伤，瞬间老了十岁一般，整个腰身都弯了，像被打垮了脊椎。之后，岛上又恢复了以往的样子，大多时间，仍旧是吴志山一个人居住着，可不时有各种消息传来，说这岛要怎么规划、怎么开发之类的。最后都没落实，吴志山还是提心吊胆——要是那一天真的到来，自己被驱逐出小岛，得去哪里活着？回村里吗？他早不属于人世了。要重新去找另外一个小岛吗？可，去哪里找呢？吴志山最担心的事，是自己活得过长，以至于会亲眼看到这个与他相伴了一生的鬼岛的陷落。

那一天，天色极美，岛上洋溢着一股难得的生命力。周边的海水荡漾，冲刷、洗涤着小岛。连岛上的树，也像被浸洗过，嫩绿无比。日光也是好的，不热不燥，光芒纯净；风是和爽的，连往日里那种带着重量的咸腥味都少了。他是在这晴好的时日里，感觉到疼痛从身体内部爆发出来的，先是集中于胸口，接着慢慢散到四肢去，最后，浑身可能除了头发跟指甲，没有一个地方是不疼的。他已经站不直了，浑身扭动，在沙地上打滚，中间还数次晕过去。最后，手脚开始发抖，一点都停不下来。他拼命站直身子，从房子的角落里，找出陈爱珍给他买好的衣裤。他把自己身上的衣服扯下来，已经过去了十几分钟，把一套新的衣裤套上，过了半个小时。他想，我来到世界上的时候，光溜溜的，什么都没有，现在要走了，总还有一套新衣服，赚了，赚了——不，是两套。他把另外一套衣服，也慢慢套上。

他离开房子，朝自己的目的地走去。

原先没几步路的地方，此时变得无比遥远，成为了难以逾越的屏障。他走几步，就得握着树干歇歇。有时甚至连站都站不住，摔倒在沙地上。他又得爬起，把衣裤上的沙子拂掉，慢慢把衣裤捋整齐。他几乎是花了半个小时，才走到了那野菠萝下的洞穴那里。其实，这岛中央的野菠萝，死过好些回了，但每次一死掉，吴志山就从岛上其他地方，把别的野菠萝移栽过来。也是奇怪，在其他地方看起来没那么大的野菠萝，移种到这个位置之后，便越长越大，扩散开来。吴志山更确认这里是一块宝地了。吴志山曾想，这岛上若真有一扇直通幽冥的生死门，肯定只能是这个地方。后来，他就在那里，种了很多的野菠萝，几乎要成为一片野菠萝的园地了。野菠萝后面的洞穴，也被风雨打垮过几回。每垮一次，他又重新开始挖掘，平整，把那里整理得比自己的屋子还要舒服。

那次陈爱珍来岛上，肯定暗中叹息他不会照看自己，她哪里能想到，吴志山给自己留了一个舒服无比的洞穴。洞穴的门关住了，吴志山慢慢扫掉门上的尘土，里头的木板门露出来。吴志山再次整理整理衣服，钻到洞穴里去，那里头早就铺满了他捡来的石块，石块上垫着木板和破旧衣服，他躺了下来，感觉到了前所未有的安详。他又爬起来，侧身坐着，看着洞穴外面。他并不着急把门关上，而是透过外面的光，看到野菠萝膨胀而野性的生命力。他好像也能看到野菠萝上流淌着的汁液，看到野菠萝把一丝丝的阳光吸纳进来，化为体内的绿。由于内心的安详，浑身的痛反而减少了。吴志山在洞穴里不时躺下，又不时坐起。傍晚时分，外头被笼罩在隆重的血红当中，吴志山觉得自己不该错过这个最美的时刻——即使体内的痛又来了，还加剧了。

他爬了出来，忍着疼痛，整整衣衫，顺着小岛的四周走着。此时，鬼岛是属于他自己的，再也没有任何人、任何挖掘机来跟他抢夺。此时，夕阳以它最大的慷慨，惠赠这一片海、这一座岛、这一个人以祝福。一切都被刷上赤红，一切都显得如此隆重。吴志山感到，一直爱跟他玩游戏，耍弄了他一生的老天爷，此刻正在附近，他庄严肃穆，要给他一个隆重的送行。体内的疼痛消逝又涌来，吴志山走得越来越缓慢，再次回到洞穴里，天色已然全黑。吴志山躺好之后，仍旧没有把洞门关上，他闭上眼睛，想等待最后时刻的到来。那个时刻迟迟未至，门一直没有关上，他也不知道躺了多久，不断地被体内越来越强烈的疼痛淹没，有时如潮水上涌，有时则像海水退去。

他感觉外头的天色黑了又亮了，亮了又黑了，饥饿感和疼痛双重攻击。他没等到最后关上洞门的一刻，已经被博济村前来寻找的族人找到，给抬了出来，送到县城医院里，开始了抢救。他活了过来，他不开心，他希望在想死的时候死去——即使那之后，鬼岛仍被挖空，但那跟他又有什么关系呢？他已经做好离开的一切准备了。重新活过来的他，感觉浑身骨肉都重新换过了一般，内心也全被清空，什么都没有。他内心空荡荡的，对着那个再次寻到他的人，对着我，讲出了他乱糟糟的一生，他不知道讲清楚了没有。

他觉得疲惫，干脆闭上眼睛，像是终于关上那个洞穴的门。

第五章

复活

吴志山在漫长的讲述里，重新活了一遍，我在旁边听着，也觉得疲惫不堪。当他闭上眼睛，我知道，他所要讲的，都结束了。不但是他，连我好像也熬过了四十多年的光阴，连我也跟着一起，在鬼岛之上，经历着台风、美景、孤独与生死。暮色降临的时候，我看到了吴志山族里的一个年轻人来给他送饭，他怔怔地吃着，呆若木鸡。我在走廊里站了好久，本来还想进去病房，跟他招呼一下再离开，又怕打破他那呆滞的样子，便悄悄走了。我驱车来到博济村的海岸边。今夜特别黑，鬼岛看不清，也没有人在上面点一盏远观如流萤的灯。我在车上待了一夜，第二天，我给阿朋打了电话，让他送我去鬼岛。他出来见了我一下，问：“你会不会开船？”我说：“会，我也是渔村长大的。”他说：“那你自己去，上次自那回来，我就一直倒霉，我不上那鬼地方了。”

我只好自己驾着阿朋的小船去登岛。我回到吴志山的房子那里，房子被风雨冲刷出的地基，已经被沙子掩埋上了，那断开的裂痕，也用水泥随意涂抹了一下，姑且将就用用。我寻找岛中央的野菠萝，很快就发现了那片茂密的绿色。我钻到野菠萝丛里，寻找吴志山挖出来的那个洞穴。那个洞穴的位置颇为奇怪，就在一株野菠萝后头，若非我有意来寻找，若非吴志山当时被族人匆匆抬走，门都没来得及关上，我根本找不到。我钻到了洞里，一种极其舒适的睡意袭来，我竟然在那里睡了一会儿。在这期间，我很想把眼睛睁开，可没办法，眼睑沉重如闸门，锁死了我的视力。起身的时候，我好像也在岛上活了四十多年，好像吴志山所经历的一切，以一种难以说清的方式注入了我体内——我成为了另一个吴志山。我挣扎着，爬出来，像从野菠萝丛里复活。

——此时，鬼岛上只我一人，这里独属于我。

我若是也能在这个岛上与世隔绝地活下去，不也是挺好的事吗？但哪里有可能呢？连吴志山自己能在这个岛上待多久，都是不一定的事呢。在岛上，我用很快的速度，把吴志山四十多年的光阴感受了一番之后——我像是一个大硬盘，瞬间把一个超级大文件拷走，却还没来得及查看这份文件分为几个部分，没来得及查看这份文件有着多少文字、图片，又有多少音频与视频……我只是贪婪地先拷走，等待某一个夜深人静的时刻，再一个人面对电脑屏幕，孤独地滑动鼠标来翻阅——我又开着阿朋的船离开了。寂静得只有一个人的岛，美得一切都很虚幻，美得一切都走向了美的反面。车过县城，拐上高速，往省城奔驰的时候，我有些迷糊，不知道哪些事是吴志山经历的，哪些事是我自己经历的。

新居

伯父的新居建设很顺利。

伯母焕发了她所有的活力，她每天在宅基地上跟着进度，本来，她也帮不上什么忙，只是围着四处看，有时忍不住要指指点点。工人听得烦躁，便回她："你懂盖房还是我们懂？"她不好多说了，便站得远一些，趁没人听到，说给自己听。伯父说："你人在那就行了，别去教人家怎么做。"可身上无数的精力需要发泄，她便忙着给工人煮水熬茶什么的。伯父的时间便多了起来，他每天踱步去镇上的一家茶馆里蹲着，把当日的都市报翻得快烂了，才回到宅基地边上，看着工人们把他的新居一点点盖起来。

房子的墙壁，升高着伯母的快乐。不过，这种眼看着一间新房即将建起的安定感，随着四堂哥的出事而结束了。伯父伯母立即赶到省城，聚集在四堂哥的家里。四堂哥的小孩，已经被嫂子提前送到外公外婆那边去了。嫂子一直阴沉着脸，伯母则一直没有停止过哭泣，伯父喝令了好多次，也没法拦截她的哭声跟泪水。嫂子说：“早上来的人，把他带走了，说是配合调查，他们那个单位，有一大笔钱账目不清，上头已经关注很久了。这个项目，他是负责人之一。”

……

在四堂哥被带走调查的时间里，妄想和焦虑，再次回到了伯母身上。她又开始了喃喃自语，又开始有了幻视和幻听，时不时会爆发出一阵阵尖叫。伯父得随时紧盯着她，以防她在脱离视线之后，发生什么不测。在商量之后，伯父只能让我持续关注四堂哥的消息，并说，既然上面现在盯得紧，多想也没用，只能走一步算一步。嫂子看了看伯父，本来想说些什么话的，嘴唇动了动，又吞回去了。伯父又带着伯母回到工地了，他没有让房子的修建停歇下来，甚至，他还让工人加快了速度。伯父以他强大的意志力，让那栋房子不断建高，好像那是他和接踵而来的所有霉运的一场赌博。

有时他呆呆愣愣地站在那棵琼崖海棠树下，神色消隐在树荫下。

轰鸣的施工现场，总算是暂时压住了伯母的焦虑和恍惚。

伯父租住的房子是三居室，他跟伯母住一间，有时我会过去，住在一间客卧里。到了该睡觉的时间，房里的三个人都睡不好。伯母就不说了，一旦闭上眼睛，就喊着她见到了啥见到了啥，就喊着二堂哥四堂哥的名字，开始咒天骂地，她把这一切归为海涯村被拆迁了。白天呆滞夜晚活跃的伯母，把伯父折磨得够狼狈。那些声音穿过墙壁，非但没有减弱，好像还变得更大了，把本来就难以入眠的我，也折磨得眼睛浮肿。渐入后半夜，伯母不再闹了，却不时发出几句语意不清的梦中喊叫，把即将入睡的伯父和我，惊得只好爬起来，到客厅点燃一根烟。

我们没开灯，在深黑里，被烟味围裹。

我说："伯父，我到楼顶躺一躺。再这样，伯母没事，我得先顶不住。"

这是一栋五层的旧楼，没安装电梯。我把竹席铺在楼顶上，群星覆盖，好像距离并不远。夜风清澈，浸入了我浑身的每一个毛孔，把我体内所有淤积的情绪，也一扫而空。在那一刻，我想到的，是孤岛上的吴志山。这个世界太纷乱了，确实是只有如此以地为席以天为被，才能让自己变得宁静一些。在那一刻，我多想立即回到鬼岛之上，钻进吴志山挖好的那个洞穴里，让自己饱饱地进行一次深睡眠。没能瞬间回到鬼岛，可楼顶的四处来风，还是让我有了些许困意，让我可以在天明之前睡那么一小会儿。

一天夜里，伯父爬到楼顶上来，把我喊醒，说：“赶紧下去，找你伯母。她太吵，我到别的房睡，后来起来小便，就不见她了。”我跟他匆匆下楼，打开手机上的手电筒，开始寻找。我们直觉着往新建的房子那里奔去。我让伯父不要跟上来了，我越过脚手架，顺着楼梯磕磕绊绊地爬上了楼顶，并没有伯母的身影。我在楼顶喊道：“伯父，没有。你先去其他地方看看，我顺着楼层找下去。”

伯父转身往不远处的江边跑去。

我是在第三层找到伯母的，当时她窝在阳台的小角落里，若不是她的手脚碰到了竹架，我根本不会发现她在那里浑身颤抖。我背她下楼，觉得她的身子好轻，像一件被抽掉棉芯的被套，像是有一股向上的力把她牵引着浮起。伯母窝在我的背后，变成了我的小孩。

一直到三个多月后，伯母才渐渐恢复过来。当时，四堂哥已经在案子调查结束后（他并没有牵涉其间），恢复了自由身，可他单位被抓了好几位领导。他本来可以重新去上班的，却在考虑之后，觉得身心俱疲，干脆辞掉了工作，查了一些东南亚的旅游线路，一个人背着包就出发了，他准备绕到自己忘掉此前所有的不愉快，再考虑要做什么。我有时在想，经此一事，他会不会变得比我更加“不靠谱”，变成一个在全世界晃晃荡荡的人——我们这个海边家族里的人，从一千年前因为战乱，往南奔逃开始，体内便埋下了不安现状却又方向混乱的因子了吗？海涛和世事一起，推拥我们如浪花。

伯母像换了一个人似的，在瘦到极点之后，她出现了报复性的反弹，整个身体像打了气，竟然变得圆乎乎起来。她脸上还有了一些笑容，变得前所未有的和蔼。一辈子都在海边渔村操劳的她，好像也忽然之间开了窍，跟镇上的一群妇女都熟悉起来，每到夜里，她便会过去参加她们的广场舞。她并不懂怎么扭，反正，随着震耳欲聋的音乐声，她扭出一身的汗，每夜在家里睡得很沉，还发出很大的鼾声，把伯父也逼出房间。

此时，伯父的新家也修建完毕了，一共三层半。伯父一直觉得，是这间房子的完成，把伯母拉了回来。千年前，被战乱所驱逐的先人们扎根海涯村，也是经历了九死一生，对比起来，我们这一次搬迁，算得了什么呢？伯父笑着说：“以后子孙多了，我便是从海涯村移来这里的一世祖。以后，族谱得记下这一笔。”

伯父给亲戚朋友都打了电话，邀请他们前来庆贺他的进宅。

选好的吉日到了，伯父给我的儿子、四堂哥的儿子每人发了一块铜锣，在天刚蒙蒙亮的时候，就站在楼下敲响。两个小孩兴奋得很，很郑重地接受了重要的使命，把铜锣敲得乒乓响。伯父还买来了鞭炮，每隔一个时辰，轰炸一串。天亮之后，亲戚朋友便从各处赶来，伯父和伯母站在门口迎接，来客都对伯父伯母竖起大拇指。伯母胖乎乎的脸上，泛着喝酒后的红晕。来客都说她命好，建了这么好的房子，老家拆了，也值。有些来客还自带鞭炮，在进门前燃放，门口落满一地红纸，耳边的轰鸣就没有停过。三层半的房子，在竹子围绕的院子中间，那棵琼崖海棠，伯父最终并没有留下来，他觉得气息太腥臭，便砍掉了，改种了好几棵椰子树。

伯父让我九点半开始，陆续把离开海涯村时，封在箱子里的祖先牌位，请到楼顶预留下来的祖屋里。三层半的顶楼上，相当于还藏有一个小小庭院。预留好的祖屋里摆放着神龛、八仙桌、香炉、烛台什么的。我把祖先牌位一块一块摆放上去的时候，伯父在旁边默默地看着，稍有偏差，他便让我重新来过。伯母和我的妻子、嫂子、我女儿她们，都在楼下招待来客；家里的男丁，则在这间新建的“祖屋”里，安放牌位——所谓男丁，便是伯父、我、我儿子、侄子，四人而已——四堂哥不知道在什么角落旅游，伯父也没能把他召唤回来。牌位摆放完之后，伯父开始烧香点烛，带着我们在祖屋里跪拜。儿子跟侄子，拿着棍子敲锣两三个小时，停下了一看，手指都起泡了，一合手掌，他们俩就疼得直吐舌头。

伯父口中念念有词：“自海涯村拆迁以来，祖先也跟着我们逃难一般，没个好地方安置。感谢祖先护佑，我们家经历了挫折，但总算元气还在，今日，祖先回家，希望今后继续保佑我们家子孙兴兴旺旺，一切发达。今天，在这里扎根，也撒一遍木圣杯，跟祖先讨个好彩头了。”伯父打开置在八仙桌上的一个盒子，取出了一副木圣杯。

伯父把其中一块递给侄子，说：“你丢一下。”

侄子说：“爷爷，我不懂。”

伯父说：“你不懂，先拿着，爷爷教你。”

侄子有点犹豫，手发抖，还是接过了。

伯父捡起另一块，递给我儿子：“你也拿着。”

儿子接过。

伯父让他们把两人的掌心相合，伯父伸出双掌握住他们的手指，口中念念有词。好一会之后，伯父说：“松开。”伯父先撤手，侄儿、儿子两人也各自缩手，木圣杯落地。

一块弧面，一块平面。

伯父叫起来：“圣！”

伯父弯腰，在祖先的牌位面前久久未起。儿子跟侄子弯不了那么久，互相使了眼色，吐吐舌头，再次弯下。伯父起身，从香炉里抽出一根，递给我：“把鞭炮点了。”我走到外头，走廊处已经提前挂好鞭炮，微风轻拂，鞭炮悠来荡去。

把线香伸过去，噼啪声响起的时候，我看到了伯父找人刻在门口的那副对联：

海涯无地安先祖

天台有光耀儿孙

旧迹

进宅之后，伯父让我陪他去了一趟三亚市的亚龙湾。环岛高铁一路自北向南穿梭的时候，车窗外的风景不断变化，高铁像行走在一片绿色海水之上。窗外的光打在伯父的脸上，我看不出他的神情。两个小时之后，我们到站下车，此时，伯父脸上开始有了变化，各种色彩交织出现，有时红有时黑，喘气也变得急促起来。打的前往亚龙湾时，伯父更是显得焦躁不安。当我们在那个已经成为了著名风景区的地方下车，伯父脸上显示出了一阵阵迷茫。他开始了急促的行走，我只好在后边跟着。游人很多，在成片成片的五星级酒店里穿梭，有导游举着小旗子，招呼着一个个旅游团，带领他们入住酒店或准备前往下一个景区。星级酒店全都坐落在海岸线上，修剪得整整齐齐的植物，在每一片空地上穿插。

我说：“伯父，要不要找个地方住下来？”

伯父没吭声。

他还是急促着向前走。我只好跟着。他像是一个侦探，在海滩上寻找了接近一个小时之后，才丧气地对我说：“找不到了，找不到了。”我说：“你找什么？”伯父苦笑：“我当年在这里建立的村子啊，全没了，一点痕迹也没了。村子遣散的时候，我们种下了一些树，树上还刻着记号，我们还留下一座村里的小庙，也没了。全被抹平了。”我说：“那么多年了……”伯父说：“也怪我，自从返回海涯村，起初还来个那么一两次，然后就一直隔到现在……这里全是酒店，哪里还认得出。当年啊，这里……”伯父指着亚龙湾的沙滩，穿着各种泳衣的人，黄皮肤、白皮肤、黑皮肤的人，在那里游走，他说：“沙滩还没变，就是人多了。当年，就我一个人，从小船上下来，这里，只有我一个人的。现在……”

我只能想象，当年那个月光铺满海面、铺满沙滩的夜晚，他在这里弃船登岸，走入了一片洪荒之地。当时这里只有他一个人占有着天地和月色，他难免不涌出一种地老天荒的虚无感。或许，也是那一瞬，让他看透了很多事情，让他成为后来永远成竹在胸永远打不垮的一个人。

我带着伯父到一家酒店里吃了一顿自助餐，繁华热闹的餐厅里，伯父有些心不在焉。匆匆吃完之后，他又不甘心地冲出去，再次寻找起来。这一次他忙了有两个小时，甚至先走到亚龙湾沙滩上，确定好一个点之后，沿着大概的方向往前走，他一边走一边估算距离，可最后，他还是放弃了。他唯一的收获，就是估算出，他当年在这里建立起来的村子，就在某间五星级酒店西边的那栋房子下面，而他当年自己住的房子，很有可能就在酒店的那座游泳池的位置——当然，这一切，都只是可能。最后，他让我立即买返程的高铁票，我说不如在这边住一夜？

他不肯。

第六章

生死门

吴志山恨自己活得过长，恨没有狠下心来把自己埋进提前挖好的洞穴，恨自己没有选择一个风平浪静水清澈的时刻，一头扎入水底。正是这不决绝，正是贪恋与时光缓慢的摩擦，使得他看到了鬼岛后来的面貌。病了，被族里人带到医院里住着，恢复之后，他又急不可耐地要返回岛上，让自己和人世，永远隔着一段海水的屏障，永远盖上海风苦咸苦咸的保护膜。而即便隔绝如他，也不断听到各种消息：上头部门正在进行招商引资，准备卖掉县里的一些土地，供一些房地产商开发、建设吸引外省人的大型社区。毫无疑问，这个岛也在规划里面，甚至连博济村，也和鬼岛一块，被当作一个整体来规划——靠近县城、面朝大海，让这个地方比别处更具有开发价值。老人们都担忧博济村将被摧毁，而年轻人则十分兴奋，他们都觉得命运即将改变，他们将会一改多年出海打鱼的辛苦生活，借助拆迁，让生活焕然一新，让自己也过过城里人的好日子。

消息一直传扬，却迟迟未到，可吴志山的内心也不安定了。他总觉得，鬼岛上貌似仍旧平静的日子，其实已经暗藏暴雷，他闻到了海风中有些怪异的敌意，他看到了海水之中涌来一股股混浊的暗流。风中的敌意和水中的暗流，带着摧枯拉朽的力道，鲜辣刺鼻。夜里，吴志山仍然会在岛上寻鬼，可四十多年都过去了，即使真寻到鬼，他也没有让鬼为自己洗脱罪名的想法了——他希望牛头马面在前头引路，劈开一扇紧闭的大门，把他带到另一个世界去。那个世界，可以见到自己的亲人吗？当年差了几天便可以见到最后一面的父亲母亲，改变样貌了吗？那个摔进井里的孩子，会在另一个世界长大吗？……或者，他们早已进入轮回，转世重生，自己过去那边，仍旧和他们只有错过的缘分？那个世界，也有阳光与月色吗？是不是也有大片大片的海域，也有可以让“鬼”逃离的孤岛？而自己，在这一世，背负了那么多年的冤狱，要进入那里，会进入地府第几层？……想到这些的时候，他并不害怕，而是充满了期待。独居岛上那么多年，他的日子不过是恒久的重复而已，他希望能够迎来一种新的改变——即使那种改变，是下油锅，或者有刑具穿透自己的琵琶骨，把自己身上的肉一刀一刀割下。四十多年，一天天的日子叠加，永无宁日的重复。

他买来的酒更多了，运送到岛上，他就着风，一瓶一瓶地狂饮。若是有一种他最希望的死法，那便是在醉酒当中死去。木麻黄林里，酒气一点一点地渗入他的血液，那些逼迫到眼前的焦虑，便都化解掉了，他整个身体变得晶莹而通透。在很多年里，他曾觉得当年的冤屈他永远无法释怀，可到了现在，不也过去了半个世纪？那个祸害自己的女人，可能已不在这个世上了吧？那些在军事法庭上，给他确定了罪名的人，也都归于尘土了吧？酒喝多之后，还能有一点点思想的时候，他会脱下衣服，沿着沙滩，走到水里，往深处划游。他水性很好，腿脚轻轻一踢，整个人便浮漂起来，那是一种犹如飞翔在半空的感觉。游到水开始变深的地方，他一头往水底潜去。在水中，他奋力憋住呼吸，想让自己顿时缺氧，昏眩在水中。他希望在酒意的朦胧之中，顺畅地死去。手脚并不听使唤，被酒意哄骗的脑子，在缺氧之后反而逐渐苏醒过来。他的身体感觉到了窒息，手脚不由自主地划动，海水的浮力把他冲到水面上来。洁白的月光给水面刷了一层晶莹的光，从水底浮上来的吴志山，把这一层光踢碎了。他有些丧气，又觉得，自己选择在这个月夜入水，是对天地大美的辜负。他的手脚随意地划动着，半空中的月，触手可及，他竟然有了想落泪的感觉。

白天，他潜入过水中，仍旧是没能坚持到断气，就浮了上来。他满怀挫败感。他给自己找了个借口，他是在寻找传说中的生死门。他寻找了四十多年，别说鬼影从没见过，近些年来，鬼火也越来越少了。随着他住在岛上越来越久，随着各色人等不断来到岛上，带来岸上的体味和喧嚣，那些本该在夜里不断浮动的幽幽鬼火，已经在不知不觉之间，和这座小岛挥手告别。吴志山给自己最后的安慰是，或许，那个通过另一个世界的生死门，就藏在小岛四周的水中，只要他潜入深处，便能发现那里有着一扇紧闭的门。他一遍遍潜入水中，要把那扇门找到，他准备以逆时针的方向，把这个岛潜游一周。若是能找到那扇门，当然好，若是找不到，死在水中，又何尝不是一件很好的事？吴志山想象过那扇门的模样、颜色和大小，按图索骥，想在水中打开另一个世界——可是，大海容纳了万物，却并不提供一扇虚空的门。

或许，唯有多年前那一次所见到的海市蜃楼，是他最接近另一个世界的时刻。吴志山倒是在梦中见过一两回，门洞幽深，墙壁上有火炬摇曳，他慢慢地跟上去，却只能顺着那回音空旷的洞穴往前走，没有尽头。每次，当他眼前闪现出炙热的亮光，一切就要真相大白的时候，他便被那亮光照醒。他两腮发凉，手指摸过，摸到了发黏与潮润——那悄然而至、等着他来拭去的泪水。

填海

族里的人，已经来岛上劝了吴志山五回，让他尽快收拾，早日离开火牌岛，岛上即将进入施工状态。

博济村的岸边，也贴出了大幅宣传效果图。在巨幅彩色喷绘的渲染下，小岛伸展出了五个角，一只巨大的海星浮现在水面上。岛中央是核心区域，被规划了十三栋高楼，海星的五只角则被划分为五个特色功能区，分别展示不同的建筑风格和不同的房型。效果图还分了白天和夜里两个模式，白天里倒也一般，夜里则被璀璨的灯光映照得夺人魂魄，那海星的五只角，好像还可以在海水中蠕动。在规划图里，五只角有的将停靠邮轮，有的会停靠小船，也有的被规划为潜水区……而一条长长的路，勾连着博济村和小岛，那海星就像被放飞到半空里的风筝。这个项目，当然也被冠以一个霸气十足的名字：海星现代城。

吴志山也去岸上瞄过两眼那个规划效果图，看得他眼花缭乱，嘴唇动了几下，挤出几个自己也不知道是什么的词，心情复杂地转身要走，却被村人拦住了。有几个人围过来，祝贺道："老吴，据说上头专门交代了哦，你算是住在岛上的，这下小岛开发，你占了好大便宜啊。"

"是哦，是哦，我也听说了，说是还要赔老吴一套房子呢。哎哟，你说哦，大家都说老吴命苦，含冤几十年，可人啊，不到断气，哪知道好运马上就来啊。"

"老吴这一次算是翻身啦，苦了那么多年，现下可以好好享享福了。跟那些来买房的人住一样的好房子里，那是什么感觉哦？"

"我们也是笨哦，我们当年怎么不也去岛上修个小房子住一住，不然也跟着发了……"

"人啊，不能什么都要，你当年要是上岛住，谁知道有没有鬼来找你，也许你早见阎王去了，还有命享受？"

"也是……"

……

两天之后，族里就来了几个人，把吴志山的东西收拾收拾，才发现可收的，其实没有什么。吴志山随着他们登船，随着他们开船划开水路，随着他们登岸，随着他们回到博济村里。为了迎接他的回来，族人燃放了烟花，噼里啪啦的声音，给了全村人一个宣告——那个在鬼岛上住了四十多年的人，终于彻底回到村里了。由于即将被开发，鬼岛在村人眼中，不再那么恐怖、吓人了，在上面住了四十多年的人，也没有传言中的倒霉相——他可是被赔了一套房呢。人群越是热闹，吴志山越是拘束，他只好快步躲到房间里，任由村人在外面指指点点。

上岸之后十天左右，博济村外头热闹沸腾。原来有很多辆挖掘机开到海岸边上，还有十几辆大卡车，拉着满满的石块，在海岸边等候。海岸边也围满了人，有博济村的，有外村的，当然还有县里来的领导和“海星现代城”开发公司的人。村人都去围观之后，村里倒有了难得的安静。侄孙跑回来拉他去海边看热闹，他不愿去，拗不过侄孙的力气，便坐上了他的电动车。他们赶到的时候，一大串鞭炮已经轰炸过，领导的发言也讲完了，一排穿戴整齐的人排成一行，每人右手都拿着一把剪刀，一根红色的长布被他们的左手提着，欢声笑语之中，剪刀咬合，剪断红布。

掌声雷动。接着，这几个人各自拿上一把铁铲，走到一块事先放好的石碑那，各自铲土，把石碑埋下。又是一阵欢笑与掌声。奠基仪式结束之后，有领导喊了一声："开始。"载满石块的大卡车，一辆接一辆地，以倒车的方式，靠近那个小港口，把石块倒在海水之中。没一会，十几辆卡车上的石块，全都倾泻进水里，油门一踩，离开了。挖掘机开始工作，把那些石块拢成堆，铺平，轧实。

起先两天，村里人还有点新奇感，很快地，他们被工地的噪声吵得不得安宁。村人养的猪狗鸡鸭，也变得无比烦躁，看到人就忍不住要冲上去咬；海岸边也曾有一大批鱼翻了白肚。村里的老人都心慌了，说这是大凶之兆。甚至有些老人，被那噪声闹得出现了幻听，施工停止之后，他们还能听到各种奇怪的声音，好像自海底翻滚而来；他们还有了幻觉，有人说见到了海水里涌上一只巨大的白色海怪，另一位不同意，说明明是红色的。全村人都变得睡眠极差，黑眼圈爬上了所有人的脸。当村里有一只狗变疯，咬伤村里十几人之后，村人觉得问题严重了，村干部去找镇干部反映情况。镇里说解决不了，他们再反映到县里，县里则是一直没回话。村里一些年轻人聚集起来，去围住了工地，让那些工人停工，那些工人也苦笑："好像我们就喜欢干那么长时间一样。老板下了死命令，我们不干活，哪有饭吃啊？要反映，跟老板反映去……"年轻人哪管，揪住两个开挖掘机的人就揍了一顿。这一顿争执，引来了一群穿制服的，把那几个闹事的年轻人拘留了十几天。年轻人被带走之后，村里的老人们聚集在海边，以静坐进行抗议，还有人拍了手机视频，传到网上去，总算惊动了开发商和县领导。他们做出了会减少施工时间的承诺，同时也解释道，因为这个大工程需要赶工，尤其是因为临近七八月的台风季，他们需要把填到海里的石块尽量轧严实起来，否则台风来了，前面的施工会毁于一旦，还希望大家配合跟理解。纯粹的配合理解，是不太现实的，开发商买了些烟酒来送，还给村里六十五岁以上的老人发放了红包，大家的怨气才消了一些。

海边尘土飞扬，吴志山觉得烦躁，返回村子。即使把房门关紧，即使往耳朵里塞东西，吴志山还是被外头的杂音闹得头昏脑涨。吴志山时常躲到村人的墓地里，那里有绿树萦绕、杂草疯长，可以隔绝一些工地上的杂音。吴志山有时在父母的坟墓边一待就是一整天。村人闹事之后，工地在夜里九点准时停工，村人都长长地舒了一口气，迷路的魂终于回到了躯壳，每个人都有重新活过来的感觉。

而此时，吴志山仍旧陷入了对小岛的无比想念之中，那里的夜幕星光，那里的海风拂树，那里的天地只有一个人的清静……都让村里的吴志山辗转不安。终于，他把收起来的竹排，拖到沙滩上——他得绕行很远，因为小港口那填海造陆，划出了很大一块施工地。竹排在夜色里摇晃，竹棍上的马灯，在夜海中散发着暖意。吴志山不知道划了许久，远远地看到了从沙滩上蛮横伸出的那一截“路”，它还在继续生长，直到跟小岛接起来。吴志山登上小岛，一切如旧，他感觉所有的紧张全都松懈下来，他想立即倒地睡去。他返回那个破房子那里，一切仍没变，除了因为自己不在，那里更加荒凉了。当夜，他就忍着困意，在岛上走了一遍又一遍，还走到永远堆不完的鱼塘边上，捡起几块石头，丢进积水，惊起岁月的水花。

快到天亮之时，他眯了一会，趁着晨色尚未完全抵达，他划着竹排离开小岛。白日里，那条正在生长的路，就更清晰了，它几乎要蛮横地把博济村与小岛之间的水路劈为两半。再过一会，一卡车一卡车的石块便会往水里倒，延伸着这条野蛮生长的路。吴志山感到了莫名的悲戚，说不清哪里不对，可就是感觉酸酸的，像是苦咸苦咸的海水，从鼻腔呛到了喉咙里。

几天后，他夜里登岛，发现那里伫立着许多巨大的怪物，走近一看，是几辆挖掘机。这是施工方拉到岛上来的，他们希望在填路的同时，岛上也不能歇着。这些挖掘机，可以先把岛上平整平整，高的地方挖一挖、低的地方填一填。虽然是第一天拉到岛上，可已经有很多木麻黄树被推倒，岛中央的沙子，也推往低处。吴志山那间破房子，被推成了废墟。野菠萝生长的地方，也被挖掘机清扫一空，吴志山去看了看自己挖好的洞穴，也坍塌了。再过几日，自己数十年捡石块垒成的鱼塘堤坝，也会被这些铁手推平。吴志山觉得自己前世一定罪孽深重，不然老天爷不会以一个冤案，抹去了他所爱的所有人和他大半生的岁月；不然老天爷不会在他年迈的这个时候，还把他躲避人世的小岛也揉碎抹平，把他重新抛回人世。

吴志山点起的马灯，也不知道在哪阵风当中熄灭了。

命名

侄孙滑动着手机屏幕：“叔公，你看看！这样，这样，还有这样的……”

吴志山说：“不用看了，我想搬到上面住。”

侄孙说：“真要搬？”

屋里坐满了族里的其他人，都盯着吴志山看。

吴志山斩钉截铁：“越快越好。”

——侄孙手机上拍的，是另外的一个岛，那个岛离鬼岛往西三公里，离岸边更远，也小得多，面积还没有鬼岛的三分之一大。那是一个更加萧条、原始的小岛，村里人都很少听说过这么个地方。要么找到一个类似鬼岛那样的地方，要么，去死——吴志山实在是没法跟博济村人生活在一起。他每天把自己关在房子里，族里人也不知道他在里头做什么，喊也不应声。偶尔见他一次，他变得更瘦，眼圈发黑，眼珠泛红，好像跟无数个对手，进行过生死搏斗。

侄孙想起了老渔民口中的那个无名岛，赶忙开着机船去那里看了一番，用手机拍了些照片回来，吴志山毫不犹豫说要去。可在那里居住，最大的问题还是淡水，那里毕竟离博济村远多了，以吴志山的年纪，划着竹排、小船之类，是没法登岸的，都得靠机船送水。那样，生活成本将会急剧增加。家族里的人，都有心帮苦了一辈子的他，若住在村里，大家每人每个月省下五十块钱，也足以让他活下去；可要到那个更小更远的岛上，什么都不方便，没水没电，没法联系，那是万万没法照看的。可若是强行把他摁在村里，估计撑不到两个月，他就要垮掉了。

族人无奈得很，去买了两个很大的塑料水桶、一个准备装米的防潮箱。锅碗瓢盆、被褥衣衫什么的，也都重新准备。也买回了油毛毡、锯好的木板什么的。过了两日，族里两个孙子辈的年轻人开船送吴志山上岛。机船划开波浪，从鬼岛边上绕过，驶向大海的更深处。大半个小时后，吴志山登上了那个无名岛。

这个岛要小得多，可岛上的植物，却比鬼岛要茂密。小岛四周烟水茫茫，能看到的岸边，只剩下一条微线。茂密的植被，则让他一钻进岛的中心，就看不到海水。而他觉得这样也很好，有一种躲到森林里的感觉。两个侄孙把带来的水、米、被褥、木板等东西卸下之后，便拿出刀斧，砍伐起小树木。小岛中央，竟然还有落差很大的地方，这就好办了。他们选了一个类似山坡的地方，靠着斜坡，修建一间简单的木屋。准备修建木屋的地方，那些杂木杂草全被劈开，点火烧掉。一根根小树干插到地里，并排为墙，还横着钉紧、加固。选择靠着斜坡的地方建房，是考虑到风大之时，能够支撑得久一些。这两个年轻人都是耍刀斧的好手，木屋盖好之后，还用带来的木板，给吴志山搭了一张简易的床。这间房子不大，也不需要大，可也耗费了五六天时间。

在这几天里，他们傍晚驾船离开，早晨过来开工。每天傍晚，当他们离开，机船消失在晚霞之中，这个陌生的岛，只剩下了吴志山一人。他心中涌上了某些暖意——毕竟，这个世界上，仍然有一些与他流淌着相同血液的亲人，还能为他一个行将就木之人，如此劳神费力。吴志山再次回到了一个人的世界。他捡来干柴，在尚未建好的木屋前点起火堆，海风摇曳，整个世界安静了。无名岛和鬼岛，还是不一样的。鬼岛宽大，虽然传言邪乎，可岛上充满着平和之气；这个岛的植被太过茂密了，反而显得有些神秘甚至阴森。还不是太熟悉的吴志山，在夜色里不敢四处闲逛，躺在火堆的边上，睡了近一个多月来最甜美的一个觉。天色亮起之后，两个年轻人又忙起来了，吴志山又趁机探访这个岛。

岛的北面、西面，都是礁石，海浪在那里拍打得也比较急；岛的东面、南面，则都有着洁白的沙滩，在日光之下，沙子犹如一粒粒的海盐。这个岛上，同样也都是木麻黄树，还有一些长相奇特的藤类植物，交错在木麻黄树中间。吴志山想在岛上找到一个出水的泉眼什么的，那样，就可以不需要族人时常给自己送水。他拎着一根棍子，这里敲敲，那里打打，一直没有发现有淡水。木屋修好，侄孙在门口挂起一串鞭炮，噼啪噼啪乱炸了一通，在这安静的地方，显得特别响亮。炸完之后，两个年轻人还带着网，从东边的沙滩下水，网上了几条鱼，煮开了一锅沸腾的鱼汤，跟吴志山对饮了几口米酒。他们在午后就离开了。上船之前，吴志山还好，两个年轻人却忽然之间悲从中来，眼珠子红得像流血，大颗大颗的眼泪，奔涌不绝。

——他们好像是跟吴志山在永别，他们好像把吴志山，送到了原始蛮荒。

吴志山的确像返回了蛮荒，这里只有他一个人，世界尚未开蒙，万物也没命名。他要先给这个岛取一个名字。他原来想用儿子的小名，叫“牛牛岛”；后来又想过换成“爱珍岛”……都觉得不好，后来，他想，从来没人在这个岛上住过，那不如直接叫“志山岛”。他用棍子，在东面的洁白沙滩上，写下了这个岛名。还觉得不够，他用刀劈开一块木板，用刀尖刻下了那三个字。他提着这块木板，想找一个最佳位置，插下去。他忽然想到，当年相关部门给鬼岛埋下一块“火牌岛”的石碑，会不会这个岛也早有人来命名了呢？

他立即行动，花了两天时间，却没能找到任何刻着地名的石碑——不知道这里仍是被人遗忘的化外之地；还是早已埋下岛碑，只是被风吹浪打，消失无痕。吴志山不管了，他瞅准一块土质较硬的高处，在那里把木板敲下。那是正东朝向，每日太阳从水面初升，就会把木板拉出一道长长的黑影。吴志山还要给其他东西命名，但他并不着急，光阴漫长，他有足够的耐心，把岛上的一切，在自己内心分类、编号，各归其位。

也就是说，来到志山岛住下之后，他觉得万物归于宁静了。即使有一天，志山岛也像鬼岛一样，被修建为一座海上的娱乐之城，可那时，自己肯定早已不在了——这一回，他很确信自己会死在志山岛面目全非之前。

鬼影

二十多天之后，吴志山没能住到族里人的第一次送粮送水，就被接回了村子里了。一场七月底的热带风暴即将抵达，族里人立即驾船前来，不管吴志山如何挣扎、反对，还是把他拉到了船上——他们根本没带水和粮过来。吴志山不肯上船，说台风要来，让它来吧，不是没见过。族里人只好说："你要不回，我们也只好在这里，跟你一起迎战台风了。"吴志山陷入沉默。吴志山劈了一根手臂粗的木棍，卡死了木门。船离开志山岛的时候，吴志山倒也没多少焦虑，因为，这毕竟是暂时的，风暴一过，他便可以重返。

台风没有任何拖泥带水，当天夜里就抵达了。往海里撒石块填路的施工队，早早就把车人撤离，剩下残败的现场。先是暴雨如注，在疯狂地下了一个多小时之后，风来了。那简直不是风，是无数双蛮横的手，撕扯着海边的一切。和台风形成对照的是，屋内是热闹而沸腾的。吴志山也好久没回来了，族里人也趁着这难得的风暴之夜，杀了鸡，海边的鱼虾蟹贝也齐齐登场。人人欢声笑语，最后的海鲜汤，更是让大家都心满意足。外头的风雨，点燃了屋内的温情。吴志山也难得地高兴，暴风雨中的盛宴如此美味，他不像以往那么心烦意乱，他甚至会主动举杯，跟族人敬酒了。

此时的吴志山，变成了一个正常、和蔼的普通老人。

酒席之后，回到房间，吴志山坐在窗边，听得风雨撕扯着人间，也听着风雨对屋内人的无能为力。吴志山把窗子推开，噼啪一声，风把窗子合上了，雨水溅射进来。吴志山再次用力，以一根棍子卡住窗，雨水随风袭来。这间房子，由于他的离开，又再次成为了蜘蛛、臭虫等的绝佳居所，整个屋子，萦绕着一股朽败的味道。吴志山要让风和雨从窗口灌进来，把这味道赶走。这种味道，总是让吴志山想到腐烂的尸体、发脆的尸骨。风吹进来，还会拐弯似的，把屋子里的朽烂之味一卷而空，吴志山感觉到，有蜘蛛网黏到自己脸上，他没有伸手去抹掉。随着风雨一起杀到的，还有四十多年前，吴志山冒雨登岛的那个晚上。那天夜里，风暴让他义无反顾，抱着必死之心，开启了远离尘世的四十多年。想到这，吴志山猛地涌上一股热血，他想：此时的鬼岛，是什么样的呢？

他没有想到自己命名的“志山岛”，他想到了鬼岛。

——鬼岛仍旧能让他一旦念及，就鲜血上涌。

吴志山猛地冒出一个念头：此时上鬼岛看看，是个什么景象？他还想到了多年里，每逢风暴，就在鬼岛上喝酒狂叫的情景。吴志山知道自己早不是当年年轻力壮的样子，可那个念头一旦闪现，他就没法再把它压下去了。他开始在房间里头踱步，浑身燥热，每一个毛孔都开始发痒起来。他觉得自己稀疏的头发，也全都立了起来。他伸手抓挠自己的衣服，没能平息身上的痒，也没能平息内心涌起的冲动。他一直盯着窗外，想在窗外看到点什么。除了暴雨狂风，什么都没有。可此时的吴志山不这样想了，他感觉到了，他数十年来一直寻找的鬼魂，可能就存在在这场风雨之中。

他把窗子关好，打开了门，用锁头把门扣住，这才走入风雨。此时的博济村，没有任何人能看到这个走在风雨中的人——即使看到，也把他当作一道鬼影，没有人能想到，那是一个准备去找鬼的人。风太大了，吴志山走得摇摇晃晃；雨也太大了，这些雨不是一根根线，而是整块整块的水往下砸。吴志山不知道走出多少步就被砸晕。疾风骤雨让他呼吸困难，也让他没办法思考。

他往海岸边走去。

这条通往海岸之路，由于施工，已经被车轧得不像样子，此时一脚踩下去，就得拔个三四秒才能拔出来。越靠近海，风越大，吴志山几乎是蹲在地上往前挪的。一站直，噼啪，脸摔进泥巴里，满脸满口的泥和水。也不需要担心，一仰头，瞬间又给雨水冲刷干净了。他也不觉得恐惧，他奋力呼喊、尖叫、大笑。

海里有着一股巨大的磁性，吸引着吴志山前往。他觉得自己面前，走着自己一直寻找的鬼魂。只要追上去，一切都真相大白、一切都如梦初醒。吴志山走到开发商填出的那半截路上，石块坑洼，十分刺脚。一车车的石块、泥土，在挖掘机的平整之下，这条路已经有了点模样，这是多少米了？两百米？三百米？只要坚持下去，总会伸长，手掌一般，握住孤儿般的鬼岛。这一段路，太难走了，地面的石块不平不说，风雨袭来不说，翻滚的海浪还从两侧夹击，一个不留神，就像是被压到海底。吴志山心想，要是真的修完了，顺着这条路去鬼岛，那是什么感觉呢？到时，这里行走着各色汽车，也行走着衣衫亮丽的陌生人吧？可是，他们哪里懂得鬼岛之美啊？

此时的夜，太黑了，风雨几乎掩盖了一切的颜色，睁开眼皮也变成一件无比困难的事。吴志山几乎花了一个小时，才慢慢走到这条断路的尽头。此时，这条路好像被抛弃了，狂风暴雨和滔天巨浪的冲刷，不断把一些石块和泥土冲走。吴志山好像看到，这条路在一点一点缩短，缩回它根本不是一条路的原始状态。路的尽头处，风浪是最大的，那里俨然成了风、雨和浪瞄准的一个靶子，所有的“子弹”

都往那里集中喷射。吴志山此时心比天高，他想不用竹排，就从这里游向被风雨掩盖的鬼岛。在此时，吴志山疯狂寻找了数十年的鬼魂，即将出现。吴志山感觉到，那扇人们口口相传的生死门，就在此时，就在此刻，就在这风雨交加的海浪中，向他打开封闭的大门——当年，他在那个风平浪静之日所见到的海市蜃楼，也在此时，等待着他去攀登和抵达。

巨浪卷来，吴志山如愿以偿。

第七章

洪荒

我再一次听到关于鬼岛——也就是火牌岛——的消息，是在国内一家重磅级电视台和网络上。一般来讲，引起如此轰动的，一般都不是什么好消息。这一次，就更不是了。时值年末，中央环保督察组在海南进行环岛督查之后，反馈了一个让人震惊的信息：海南向海要地向岸要房等情况严重，海南生态面临着巨大的压力。督察组让海南省立即做出整改方案……在列举的被破坏的岛礁之中，我看到了“火牌岛”三个字。我立即想到了那个孤岛上的老人，不知道那个被我逐渐忘记的老人，现在怎么样了？当然，电视上、网上看到这些新闻的时候，我跟其他人一样，第一反应是，这次又有哪位官员要被拉下马了？

我被这消息带到了再也辨认不出的博济村。

上回见到的宁静渔村，跟眼前这个坑坑洼洼破败不堪的地方，没法画上等号。这里，步了我老家海涯村的后尘——那个已经消失的地方。在博济村见到了阿朋之后，我才知道，这一行落空了。吴志山早已在夏秋之交的一场风暴之后，销声匿迹。族人几乎找了一个月，也没发现他的任何踪迹。最后，只得在墓地里，又给他修起一座空坟。空坟修好之后，族人哭得撕心裂肺的，说这是第二次给他修空坟了，他有一天还会回来砸掉墓碑吗？

阿朋带着我，顺着那条修往鬼岛的路。这条路已经修了一公里半了，再差四五百米，就可以跟鬼岛连接起来了。可现在，因为中央环保督察组反馈的意见，已经停工了。

据说县里抓了好几个领导，以后，这条修了大半的路，是要挖掉还是继续往前修，都还没有一个定论，得等省领导做出整改方案，才能决定。

我们站在这条凭空伸出的巨大的手臂上，两侧都是海浪的夹击。

阿朋划来他的船，把我摆渡到鬼岛上。此时，鬼岛——不，正在扩充却又停工了的“海星现代城”，已然完全不是我熟悉的模样。上面一棵树都没有，一棵野菠萝都没有，岛中央隆起的沙地也被夷平了，吴志山捡石块累积的鱼塘也被抹平了。这不再是一个岛，这是一块被机器横扫过的工地。这里不再有生命的呼吸；不再有人在这里天天捡起石块垒积，犹如西西弗斯；同样，这里不会再有人刻下“半生心事秋凉春暖愁岁月，永世恩情林秀风清忆海天”这样的话。还有好几辆挖掘机，停在这孤岛之上。这颗规划中的巨大海星，已经在这些挖掘机的日夜劳作之下，伸出了它们的角——离完工的距离还远着呢，可规划图上，它早已星光熠熠，早已高楼林立。

从鬼岛登船之后，阿朋又拉开发动机，带着我前往那个后来吴志山居住的更小的岛而去。船开入深海之后，天海辽阔，这条船像一粒漂浮的微尘。我好像是第一次在大海之上游荡，海天一色让我觉得无比恐惧。我猛地想起我的父亲——我已经很多很多年没有想到他了，他当年在海上遭遇风浪，面临着的，是怎么样的恐惧呢？巨浪翻天，水面上的一切，都躲不过。

我和阿朋一言不发。

终于来到了那个无名岛。

这个岛仍旧是原始的。上岸之后，我们分头去寻找吴志山留下的痕迹。并不难找，我们很快在茂林之中，发现了那间小木屋。木屋已经倒塌了一半，估计是那场让吴志山失踪的大台风的馈赠。这个岛上，一切都返回了原始。我能想象到，当吴志山来到这里的时候，那恒久的安静和不歇的海风，肯定瞬间俘获了他。那些居住在此的夜里，环顾四周，全是海水，这里比鬼岛更加荒芜，更加远离人世的声音。在这里，除了天地，他不需要考虑任何人的感受了。我离开小木屋，走到小岛东边洁白的沙滩上，躺了下来。沙子发白，像盐、像面粉，我则像被腌制的一条咸鱼、像裹了面粉的薯条。

我眼睛直视着猛烈的日光，希望能从那里看到一些什么。看不到，强光让眼睛很快朦胧不清，痛得眼泪都溢出来了。我往鬼岛的方向遥望，即使这么好的天色，万里晴空海平浪静，也只能看到，鬼岛被海天捏成了一个黑灰色的点。我想一直在这里躺下去，就算他们叫我、拉我、架着我，我也不想回到岸上去了。我要一直躺到天黑，躺到眼前黑压压伸手不见五指，躺到可以看到鬼火的浮动，躺到天地玄黄宇宙洪荒。

对了，有谁见过夜色苍茫中，从海上飘浮而起的鬼火吗？咸湿凛冽的海风之中，它们好像在水面上燃烧，又像要朝你飘过来，当你准备细看，它一闪而逝。有谁见过怪石交错的尽头那木麻黄林里，一个早已死去多年的人吗？他身子弯成一只虾，脸上尽是岁月和海风刻下的深痕，那双眼睛是暗黑中唯一的闪亮——那些飘浮的鬼火，好像受他眼睛的控制，他望向哪，鬼火就飘向哪。他的目光总是先于鬼火抵达一片沙地、一块碎石、一堆麒麟菜，并在那里消逝。

图书在版编目 (CIP) 数据

岛 / 林森著. -- 北京 : 北京十月文艺出版社，2020.10

ISBN 978-7-5302-2064-1

Ⅰ. ①岛… Ⅱ. ①林… Ⅲ. ①长篇小说—中国—当代 Ⅳ. ① I247.5

中国版本图书馆 CIP 数据核字 (2020) 第 128145 号

岛
DAO
林森　著

出　　版　北 京 出 版 集 团
　　　　　北京十月文艺出版社
地　　址　北京北三环中路 6 号
邮　　编　100120
网　　址　www.bph.com.cn
发　　行　新经典发行有限公司
　　　　　电话 010-68423599
经　　销　新华书店
印　　刷　北京盛通印刷股份有限公司
版　　次　2020 年 10 月第 1 版
　　　　　2020 年 10 月第 1 次印刷
开　　本　787 毫米 ×1092 毫米 1/32
印　　张　8.25
字　　数　125 千字
书　　号　ISBN 978-7-5302-2064-1
定　　价　45.00 元
质量监督电话　010-58572393
如有印装质量问题，由本社负责调换。